LES

FOURCHAMBAULT

COMÉDIE

Représentée pour la première fois, à Paris, sur le Théâtre-Français,
le 8 avril 1878.

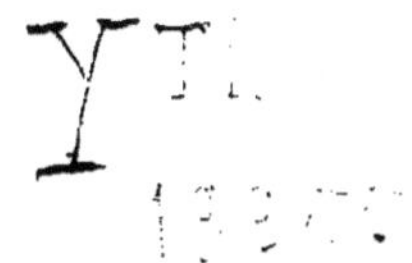

CALMANN LÉVY, ÉDITEUR

ŒUVRES COMPLÈTES

D'ÉMILE AUGIER

Format grand in-18.

L'AVENTURIÈRE, comédie en quatre actes, en vers.
UN BEAU MARIAGE, comédie en cinq actes.
CEINTURE DORÉE, comédie en trois actes.
LA CHASSE AU ROMAN, comédie en trois actes.
LA CIGUË, comédie en deux actes, en vers.
LA CONTAGION, comédie en cinq actes.
DIANE, drame en cinq actes, en vers.
LES EFFRONTÉS, comédie en cinq actes.
LE FILS DE GIBOYER, comédie en cinq actes.
LES FOURCHAMBAULT, comédie en cinq actes.
GABRIELLE, comédie en cinq actes, en vers.
LE GENDRE DE M. POIRIER, comédie en quatre actes.
L'HABIT VERT, proverbe en un acte.
L'HOMME DE BIEN, comédie en trois actes, en vers.
JEAN DE THOMMERAY, comédie en cinq actes.
LA JEUNESSE, comédie en cinq actes, en vers.
LES LIONNES PAUVRES, comédie en cinq actes.
LIONS ET RENARDS, comédie en cinq actes.
MADAME CAVERLET, pièce en quatre actes.
MAITRE GUÉRIN, comédie en cinq actes.
LE MARIAGE D'OLYMPE, comédie en trois actes.
LES MÉPRISES DE L'AMOUR, comédie en cinq actes, en vers.
PAUL FORESTIER, comédie en quatre actes, en vers.
PHILIBERTE, comédie en trois actes, en vers.
LA PIERRE DE TOUCHE, comédie en cinq actes.
LE POST-SCRIPTUM, comédie en un acte.

THÉATRE COMPLET

Six beaux volumes grand in-18.

IMPRIMERIE GÉNÉRALE DE CHATILLON-SUR-SEINE, JEANNE ROBERT

LES FOURCHAMBAULT

COMÉDIE EN CINQ ACTES

PAR

ÉMILE AUGIER

DE L'ACADÉMIE FRANÇAISE

DEUXIÈME ÉDITION

PARIS

CALMANN LÉVY, ÉDITEUR

ANCIENNE MAISON MICHEL LÉVY FRÈRES

RUE AUBER, 3, ET BOULEVARD DES ITALIENS, 15

A LA LIBRAIRIE NOUVELLE

1878

PERSONNAGES.

FOURCHAMBAULT (60 ans)................	MM. BARRÉ.
LÉOPOLD, son fils (27 ans)....................	COQUELIN.
BERNARD (38 ans)..........................	GOT.
BARON RASTIBOULOIS, préfet de Seine-et-Manche (55 ans)..............................	THIRON.
MADAME FOURCHAMBAULT (47 ans)......	Mmes PROVOST-PONSIN.
MADAME BERNARD (60 ans).............	AGAR.
BLANCHE (18 ans)..........................	REICHEMBERG.
MARIE LETELLIER (22 ans).............	CROIZETTE.

Le 1er et le 4e actes se passent à Ingouville; les 2e, 3e et 5e, au Havre.

La représentation des *Fourchambault* est interdite, à moins d'une autorisation expresse de l'auteur. S'adresser à M. ROGER, agent de la Société des Auteurs dramatiques, rue Saint-Marc, 30, à Paris.

S'adresser, pour avoir la mise en scène détaillée et les plans de décors, à M. LÉAUTAUD, au Théâtre-Français.

LES

FOURCHAMBAULT

ACTE PREMIER.

A la villa Fourchambault, à Ingouville. — Un salon au rez-de-chaussée, donnant sur une terrasse d'où l'on découvre le Havre et la mer. — Grande porte au fond qui reste ouverte ; portes latérales.

SCÈNE PREMIÈRE

FOURCHAMBAULT, assis à droite près d'une table et lisant son journal ; de l'autre côté de la table, MADAME FOURCHAMBAULT, travaillant à un ouvrage au crochet ; au fond à droite, un guéridon où BLANCHE est en train de servir le café ; à gauche, MARIE, assise près d'une table à ouvrage pleine de laines de toutes couleurs ; elle fait de la tapisserie ; LÉOPOLD, debout derrière elle, fumant des cigarettes.

LE VALET DE CHAMBRE, à la porte du fond.

Le cocher demande les ordres.

MADAME FOURCHAMBAULT.

Il n'y en a pas, je ne sors pas aujourd'hui.

FOURCHAMBAULT.

Mais moi, je sors... Je vais au Havre.

LÉOPOLD.

Tu vas aux bureaux? Un dimanche?

FOURCHAMBAULT.

Il n'y a pas de dimanche pour un banquier; mais sois tranquille, je te laisse à Ingouville. (*Au valet de chambre.*) La victoria dans une heure.

LE VALET DE CHAMBRE.

Il n'y a pas d'autres ordres?

LÉOPOLD.

Attendez un peu. (*A Marie et à Blanche.*) Montons-nous à cheval, mesdemoiselles?

BLANCHE.

Moi, je suis fatiguée.

LÉOPOLD.

Et vous, Maïa?

MADAME FOURCHAMBAULT.

Sans ta sœur? Es-tu fou?

BLANCHE.

Ce ne serait pas la première fois.

MADAME FOURCHAMBAULT.

Ce n'en est pas plus convenable. Allez, Germain.

Le valet de chambre sort.

MARIE.

Alors, en France, une demoiselle qui monte à cheval, seule avec un jeune homme, c'est *shoking?*

MADAME FOURCHAMBAULT.

Très-*shoking*, ma chère Marie! Est-ce que cela se fait à Bourbon?

MARIE.

Oh! nous n'y regardons pas de si près, et le diable n'y gagne rien, je vous assure.

LÉOPOLD, à part.

Le diable n'y perd rien non plus.

MADAME FOURCHAMBAULT.

Il faut vous habituer à nos pruderies européennes.

MARIE.

J'aurai de la peine... J'ai été élevée dans la liberté créole, doublée de la liberté anglaise, ma mère étant de l'île Maurice.

FOURCHAMBAULT.

Pourtant, ma chère enfant, la position que vous cherchez demande des manières plus correctes.

MARIE.

Je les prendrai quand j'y serai.

BLANCHE.

Pourquoi parler de ça, papa? Ce n'est pas gai.

MARIE.

Oh! ma chère Blanchette, si j'étais de caractère à m'affliger, je n'en finirais pas. Par bonheur le ciel, qui m'a repris tant de choses, m'a laissé un fond de gaîté, qui me permet d'envisager l'avenir sans l'ombre de tristesse ni d'inquiétude.

LÉOPOLD.

Ce qui m'inquiète, moi, c'est ce que vous apprendrez à vos élèves. Vous ne me faites pas l'effet d'un puits de science.

MARIE.

C'est ce qui vous trompe; j'en suis un. Je vous rendrais peut-être des points.

LÉOPOLD.

Oh! oh! Pic de la Girandole alors?

MARIE.

Mirandole, malheureux! Je marque un point.

LÉOPOLD.

C'était un piége que je vous tendais.

BLANCHE.

Oui, comme l'autre jour, quand tu as dit qu'Henri IV était fils d'Henri III!

LÉOPOLD.

Ça, c'est mon opinion.

MARIE.

Est-elle sincère au moins?

LÉOPOLD.

Et désintéressée, je le jure.

MARIE.

Alors, je la respecte.

LÉOPOLD, *soupirant.*

Sans la partager!

MARIE.

Dites un peu, papa Fourchambault, quel drôle de garçon!

FOURCHAMBAULT.

Vous êtes toujours à vous asticoter l'un l'autre. Faites-nous plutôt un peu de musique, Maïa.

MARIE.

Volontiers.

Elle se met au piano et commence à jouer l'air de « Vive Henri IV. »

LÉOPOLD.

Pas ça! pas ça!

MARIE, se levant.

Je ne sais pas autre chose aujourd'hui.

FOURCHAMBAULT.

Eh bien! la musique est finie?

MARIE.

Elle offense monsieur votre fils.

Léopold dépose un billet sur la table à ouvrage, parmi les laines; Marie se retourne au même moment, et le voit.

MADAME FOURCHAMBAULT, qui l'a vu aussi, à part.

Un billet? les imprudents!

MARIE, s'asseyant près de la table à ouvrage et y prenant le billet qu'elle plie en quatre.

Je rentre dans mes fonctions de Pénélope... qu'est-ce que Pénélope, mon petit ami?

LÉOPOLD, du ton d'un collégien qui récite.

Pénélope? C'est un sujet de pendule. Qu'est-ce qu'une pendule, ou plutôt un pendule? C'est un fil...

BLANCHE, du même ton.

Dont la corde porte bonheur.

FOURCHAMBAULT.

Qu'est-ce qu'ils disent donc, mon Dieu?

BLANCHE, l'embrassant.

Des inepties qui ne sont pas à ta portée.

MARIE à Léopold, le billet entre les dents.

Aidez-moi à débrouiller mon écheveau.

LÉOPOLD.

A vos ordres. (Il met un genou en terre devant elle, elle lui passe un écheveau de laine aux deux mains, et commence à dévider la laine autour du billet. — Bas.) Ma lettre! Méchante!

MARIE, de même.

Aimez-vous mieux que je la donne à votre maman?

BLANCHE, les regardant.

On dirait la comtesse et Chérubin.

FOURCHAMBAULT.

Comment, mademoiselle, vous avez lu le *Mariage de Figaro?* (A sa femme.) Tu lui permets de pareilles lectures?

MADAME FOURCHAMBAULT.

Rapportez-vous en à ma prudence. Elle n'a vu la pièce qu'à l'Opéra.

FOURCHAMBAULT.

C'est différent... à l'Opéra, elle n'a rien compris.

BLANCHE, à part.

Je suis si bête.

MARIE, dévidant toujours sa laine.

Quoi de nouveau, dans le journal?

FOURCHAMBAULT.

Il est entré hier trois navires à votre ami Bernard, si cela peut vous intéresser.

LÉOPOLD.

Tout ce qui touche à M. Bernard, intéresse vivement mademoiselle Letellier.

MARIE.

Ne bougez donc pas.

FOURCHAMBAULT.

En voilà un dont la fortune a été rapide!

MADAME FOURCHAMBAULT.

N'était-il pas simple capitaine au long cours quand la guerre de sécession a éclaté aux États-Unis?

FOURCHAMBAULT.

Oui, bien! Il a prévu la durée de la guerre; il a mis tout ce qu'il possédait en achats de cotons, et il a attendu. Il est millionnaire aujourd'hui; c'est un des premiers armateurs du Havre.

LÉOPOLD.

Et la fortune ne l'a pas changé... malheureusement pour lui! Est-il assez laid, assez mal bâti! quel courtaud!

BLANCHE.

Oh! toi, c'est ta bête noire, ainsi!...

MARIE.

Que vous a-t-il fait?

LÉOPOLD.

Rien, il est affreux, voilà tout!

MARIE.

Je ne trouve pas; il est même quelquefois très-beau.

LÉOPOLD.

Oh! à quelle heure?

MARIE.

Mais... à l'heure du danger, entre autres.

LÉOPOLD.

Qu'en savez-vous?

MARIE.

Je l'ai vu réprimer une tentative de révolte à bord, pendant notre traversée; et je vous réponds que ce courtaud avait six pieds quand il prit à la gorge le chef des mutins et commanda à ses complices de le mettre aux fers.

BLANCHE.

Et ils obéirent?

MARIE.

On ne désobéit pas à un monsieur dont les yeux lancent de tels éclairs. J'aurais été bien fière, dans ce moment-là, d'être sa fille ou sa sœur.

LÉOPOLD.

Pourquoi pas sa mère, pendant que vous y êtes?

MARIE, souriant.

L'emploi est occupé, et bien occupé, je vous assure.

BLANCHE.

Comment est-elle, sa mère?

MARIE.

Grande, pâle, avec des cheveux blancs.

MADAME FOURCHAMBAULT.

Pourquoi ne la présente-t-il nulle part ?

LÉOPOLD.

Probablement parce qu'elle n'est pas présentable. L'ami de Maïa est un paon de basse-cour, qui a quitté Dieppe, son pays natal, parce qu'il y avait trop de témoins de son origine, et qui cache ici sa maman de son mieux, parce qu'elle en témoigne également.

MARIE.

Madame Bernard est une femme de la plus haute distinction, mon pauvre Léo. Voilà mon peloton roulé.

Elle se lève en déposant le peloton dans la corbeille.

LÉOPOLD, se levant aussi, à part.

Il ne vous reste plus qu'à le dérouler, ô Pénélope !

La pendule sonne un coup.

MADAME FOURCHAMBAULT, se levant.

Une heure, déjà ! J'attends une visite et je ne suis pas coiffée ! — Viens, Blanche, j'ai à te parler.

FOURCHAMBAULT.

Quelle visite ?

MADAME FOURCHAMBAULT.

Cela ne vous regarde pas. (Bas à Blanche.) Un parti pour toi. Passe devant, je vais te conter ça. (Blanche sort ; madame Fourchambault, en passant derrière la table à ouvrage, retourne les laines et dit :) La lettre n'y est plus, j'en étais sûre.

Elle sort.

LÉOPOLD, à Marie, sur la porte du fond.

Allons-nous faire un tour de parc ?

FOURCHAMBAULT, toujours assis.

Reste ; j'ai à te parler.

MARIE.

Il n'y a donc que moi à qui personne n'ait à parler ? Je vais cueillir un bouquet pour ma fête.

LÉOPOLD.

C'est votre fête ?

MARIE.

Oui, chaque fois que je m'offre un bouquet.

Elle sort.

SCÈNE II.

FOURCHAMBAULT, LÉOPOLD.

FOURCHAMBAULT.

Assieds-toi là.

LÉOPOLD, s'asseyant près de la table à ouvrage.

Que je m'asseye ? tu veux donc me gronder ?

FOURCHAMBAULT.

Oui. Je ne suis pas content de toi, mon garçon.

LÉOPOLD.

Papa, je te jure que ce n'est pas moi !

FOURCHAMBAULT.

Quoi ?

LÉOPOLD.

Je ne sais pas, mais comme ma conscience est pure, je proteste d'avance.

FOURCHAMBAULT.

Sois donc sérieux une fois dans ta vie. Ta conduite m'étonne et m'inquiète, mon cher Léopold. Tu ne joues plus, on ne te voit plus au Cercle, tu as congédié ta danseuse... Ne nie pas! je tiens mes renseignements des pères de tes camarades, qui les tiennent eux-mêmes de leurs fils.

LÉOPOLD.

Mon Dieu, papa, vous m'avez fait, maman et toi, tant de sermons sur le jeu et les demoiselles, que j'ai cru vous être agréable en me réformant. Si je me suis trompé, il n'y a encore rien d'irréparable, et...

FOURCHAMBAULT.

Tes amis ne font pas honneur de tes réformes à nos sermons, mais bien à l'arrivée chez nous de mademoiselle Letellier; et je remarque en effet que depuis deux mois tu es d'une assiduité toute nouvelle dans ta famille.

LÉOPOLD.

Si tu veux dire que la présence de Maïa rend la maison plus agréable...

FOURCHAMBAULT.

D'abord, tu pourrais bien l'appeler mademoiselle Marie.

LÉOPOLD.

Quelle querelle d'Allemand me cherches-tu là? Je l'appelle Maïa comme elle m'appelle Léo. Quel mal y a-t-il à lui donner son nom créole? Trouves-tu mauvais aussi que je m'amuse à lui parler le gentil *charabia* de son pays?

FOURCHAMBAULT.

Cela même, je ne le trouve pas très-bon ! Sous prétexte de jouer à bon nègre, à maîtresse blanche, tu lui dis en baragouin un tas de choses que tu n'oserais pas lui dire en français.

LÉOPOLD.

Elle n'y entend pas plus malice que moi.

FOURCHAMBAULT.

Mais toi, tu y entends plus malice qu'elle; je connais ton scepticisme à l'endroit des femmes. Comme celle-ci vient de loin, qu'elle est pauvre et qu'elle a des allures un peu libres, elle te fait l'effet d'une déclassée dont tu espères bien tirer pied ou aile. Eh bien, je serais désolé qu'il lui arrivât malheur; elle est notre hôte, elle est sous ma responsabilité; j'ai pour elle autant d'amitié que d'estime, et je te prie très-sérieusement de ne plus lui faire la cour.

LÉOPOLD.

Où prends-tu que je la lui fasse ?

FOURCHAMBAULT.

Parbleu ! je le vois bien, depuis qu'on me l'a dit. Or, ce ne peut pas être pour le bon motif; donc il y a de ta part erreur sur la personne : et de deux choses l'une, ou tu crois ton oncle capable de nous recommander sérieusement une aventurière, ou tu me crois capable, moi, de prendre au sérieux une recommandation banale. Tire-toi de là.

LÉOPOLD.

Oh ! papa ! la première de ces pensées serait d'un neveu dénaturé et la seconde d'un fils impie.

FOURCHAMBAULT.

La piété n'est pas ton fort. Comme il importe que tu sois bien édifié sur la situation, j'ai cherché et retrouvé la lettre de ton oncle. Tiens, lis.

Il lui donne une lettre.

LÉOPOLD, lisant.

« Ile Bourbon, 15 avril 1877. Mon cher beau-frère, cette » lettre vous sera présentée par mademoiselle Marie Letel- » lier à laquelle toute la colonie porte le plus vif et le plus » respectueux intérêt. »

FOURCHAMBAULT.

Le plus respectueux, tu vois.

LÉOPOLD.

Elle a huit pages cette lettre. Ce n'est permis qu'à Saint-Preux d'écrire de pareilles épîtres.

FOURCHAMBAULT.

Va donc, bavard.

LÉOPOLD.

Pas si bavard que mon oncle. (Lisant.) « Le plus vif et le » plus respectueux intérêt. » (Parlé.) Tu sais que tu nous as déjà dit tout ce qu'il y a là dedans.

FOURCHAMBAULT.

Il paraît que tu l'as oublié.

LÉOPOLD.

Moi ? Veux-tu parier que je te récite le tout en vingt mots, signature comprise ? — Marie Letellier, vingt-deux ans, née à Bourbon, de père français et de mère anglaise. Ruine et mort des parents. — Orpheline recueillie par vieille amie de la famille. — Au bout d'un an, mort de vieille amie qui lègue à demoiselle de compagnie petite ferme dans le Calvados. — Légataire part pour France avec intention de liquider petite ferme...

FOURCHAMBAULT.

Je crois même lui avoir trouvé un acquéreur à quarante mille francs.

LÉOPOLD.

Interromps pas dépêche : Trois mots rayés nuls. — Avec intention de liquider petite ferme et de chercher position d'institutrice comme dans nombre de comédies. — En attendant, hébergée dans maison Fourchambault. — Fourchambault père, qui la croit très-vertueuse, craint que Fourchambault fils ne la détourne facilement...

FOURCHAMBAULT.

Mais saprelotte, elle peut être très-vertueuse et s'éprendre de toi : et toi, je suppose, lui promettant mariage...

LÉOPOLD.

Supposition outrageante pour Fourchambault fils. — Pas gredin, Léopold.

FOURCHAMBAULT, se levant.

Hé, ce n'est pas toujours par gredinerie qu'on fait ces promesses-là ! On commence par *flirter* avec une jolie fille par manière de passe-temps ; sa résistance aidant, le caprice devient de l'amour, l'amour de la passion, et on finit par promettre mariage de la meilleure foi du monde.

LÉOPOLD.

Comme tu connais la matière ! aurais-tu passé par là ?

FOURCHAMBAULT.

Moi? Jamais de la vie! mais j'ai eu un ami qui avait commencé avec la maîtresse de piano de sa sœur, comme toi avec Maïa, et un beau jour elle se trouva dans une position...

LÉOPOLD.

Intéressante? Diantre! il n'était pas gêné, ton ami. Et il l'épousa?

FOURCHAMBAULT.

Il le voulait, et rien ne l'en aurait empêché si elle avait été aussi irréprochable d'ailleurs que Maïa. Heureusement pour lui, son père lui ouvrit les yeux à temps : mais quel scandale dans la ville! Le pauvre garçon ne trouva à se marier que dix ans plus tard. Que cela te serve de leçon.

LÉOPOLD.

Ma foi, si cela devait me conduire, comme ton ami, à épouser la fille unique d'un riche fabricant de visières...

FOURCHAMBAULT.

Hein! quoi? quelles visières?

LÉOPOLD.

Les visières de grand-papa Reboulin, donc!

FOURCHAMBAULT.

Mais qui te dit?...

LÉOPOLD.

Que ton ami a épousé maman? On voit bien que tu ne vas pas souvent au théâtre! Règle générale : quand un personnage fait la leçon à un autre avec l'histoire d'un ami qu'il ne nomme pas, on peut être sûr que c'est sa propre histoire.

FOURCHAMBAULT.

Tu es absurde. Si tu études le monde dans les comédies, je ne m'étonne plus que tu méprises les femmes. Le nom de mon ami n'importe pas à l'affaire ; mais si tu tiens à le savoir, il s'appelait Durand.

LÉOPOLD.

Dans ses moments perdus. Quel âge avait-il?

FOURCHAMBAULT.

Vingt-deux ans.

LÉOPOLD.

C'est son excuse! moi j'en ai vingt-sept, et ma naïveté ne court pas les mêmes dangers que la sienne. Dors en paix, je te jure de ne promettre mariage à personne que pardevant notaire et après lecture du contrat.

FOURCHAMBAULT.

Je ne t'en demande pas davantage.

UN DOMESTIQUE, *sur la porte.*

La victoria est attelée.

FOURCHAMBAULT.

C'est bien, j'y vais. (*A Léopold.*) Je serai de retour dans deux heures.

Il sort.

SCÈNE III.

LÉOPOLD, seul.

Après sa maîtresse de piano, croire encore à la vertu des demoiselles de compagnie qui se destinent à l'enseignement, non, c'est trop... faible... surtout quand elles ont été sur l'eau avec des dompteurs de révolte à bord. Pas plus méfiant que l'enfant qui vient de naître, mon pauvre papa. A-t-il dû respecter des femmes qui ne demandaient qu'à être offensées! Mais soyez tranquille, charmante Maïa; je ne m'en rapporte pas à sa vieille inexpérience, et pour peu que je vous plaise moitié autant que vous me plaisez, nous n'aurons pas besoin de déranger monsieur le maire, ni ses adjoints! (Rires dans la coulisse.) Qui les fait rire ainsi?

SCÈNE IV.

LÉOPOLD, MARIE, BLANCHE.

MARIE, riant. Elle tient un panier plein de fleurs.

Ah! quel joli prétendant vous avez là!

BLANCHE.

Et il a les cheveux rouges; mais maman assure que ce ne sera rien... et, en effet, ils commencent à tomber.

MARIE.

Il entre en convalescence...

LÉOPOLD, s'avançant.

De qui diable parlez-vous donc?

BLANCHE.

Tu étais là, toi?

MARIE.

Nous parlons du jeune baron Anatole Rastiboulois.

LÉOPOLD.

A quel propos?

BLANCHE.

Maman attend la visite de son père, monsieur le préfet de Seine-et-Manche.

LÉOPOLD.

Que peut lui vouloir ce potentat?

BLANCHE.

Ah! voilà! Interroge Maïa. Moi, je suis trop émue.

LÉOPOLD, à Marie.

Parlez, Maïa.

MARIE.

Il vient demander la main de Blanche pour son fils.

LÉOPOLD.

Il sera bien reçu!

BLANCHE.

Parfaitement... maman est enchantée.

LÉOPOLD.

Mais toi, d'après ce que je viens d'entendre...

BLANCHE.

Moi aussi. Je trouve monsieur Anatole très-suffisant pour un mari.

MARIE.

Comment? vous l'épouserez?

BLANCHE.

Pourquoi pas?

LÉOPOLD.

Cette petite me confond.

BLANCHE.

Tous les maris se ressemblent, n'est-ce pas? c'est comme les vins de restaurant. il n'y a que l'étiquette qui diffère.

LÉOPOLD.

Je croyais que tu avais distingué quelqu'un.

BLANCHE.

Fi donc!

LÉOPOLD.

Il me semblait qu'un certain Victor Chauvet...

BLANCHE.

T'intéresses-tu à lui?

LÉOPOLD.

Pas le moins du monde.

BLANCHE.

Eh bien, moi non plus. Il est à Calcutta; qu'il y reste. C'est aujourd'hui la Saint-Lambert...

LÉOPOLD.

S'il ne te tenait pas plus au cœur que cela!

BLANCHE.

Foin des romans de pensionnaire!

LÉOPOLD.

Pleine de bon sens, ma petite sœur.

MARIE.

Trop.

LÉOPOLD.

Vous trouvez, Pénélope?

BLANCHE.

Tu y reviens? Imprudent!

LÉOPOLD.

Oh! mais, j'ai pris mes renseignements. C'était une dame qui défaisait le soir son travail du jour.

MARIE, qui ne comprend pas d'abord.

Ah! — Très-bien, élève Léopold. Cela mérite récompense. (Prenant dans la table à ouvrage le peloton de la première scène.) Voilà pour jouer à la balle.

LÉOPOLD.

Un tel prix de votre main... je refuse!

MARIE.

Vous l'aimez mieux de la main de Blanche?

Elle donne le peloton à Blanche.

BLANCHE.

Une fois, deux fois, trois fois! tu n'en veux pas?

Elle jette le peloton en l'air.

LÉOPOLD, le rattrapant.

Donne! (A part.) Je suis roulé!

BLANCHE.

Où vas-tu?

LÉOPOLD, au fond.

Jouer à la balle, parbleu!

Il sort.

SCÈNE V.

BLANCHE, MARIE, puis BERNARD.

BLANCHE.

J'ai peur qu'il ne soit vexé.

MARIE.

Parce qu'il a obtenu le prix... qu'il méritait? J'ai meilleure opinion de lui.

LE DOMESTIQUE, annonçant.

Monsieur Bernard!

BERNARD, entrant.

Bonjour, mesdemoiselles.

MARIE.

Bonjour, mon ami.

BLANCHE.

Bonjour, monsieur Bernard.

Marie commence à arranger ses fleurs dans un vase sur la table de droite.

BERNARD.

Madame Fourchambault est-elle visible? je viens lui rendre compte d'une commission dont elle m'a chargé.

BLANCHE.

Ah! oui, le yacht... vous l'avez visité?

BERNARD.

Le navire est en très-bon état. Il a coûté quarante mille francs : Sir John Sunter le céderait pour vingt mille ; c'est une excellente affaire; je n'attends que l'autorisation de madame Fourchambault pour conclure.

BLANCHE.

Que ce sera amusant de se promener là-dessus!... Maman est à sa toilette et je doute qu'elle puisse vous recevoir pour le moment ; mais je vais toujours l'avertir que vous êtes là.

Elle sort par la gauche.

SCÈNE VI.

MARIE, BERNARD.

MARIE, *assise près de la table à droite, lui prenant les deux mains.*

Bonjour donc, vieil ami!... Pourquoi vous appelé-je vieil ami? Je ne vous connais que depuis trois mois! Mais vous avez été si bon pour moi pendant cette traversée, si paternel... non! pas paternel, vous n'avez pas l'âge encore... si fraternel...

BERNARD.

Je n'ai plus l'âge.

MARIE.

Ni père ni frère? alors quoi?

BERNARD.

Vous l'avez dit : ami, vieil ami.

MARIE.

Ce n'est pas assez. Voulez-vous que je vous appelle mon oncle ?

BERNARD.

Ça me fera même plaisir.

MARIE.

C'est dit. Eh bien, mon oncle, mettez-vous là. (Il s'assied de l'autre côté de la table.) Comment va votre mère ? voilà quinze jours que je ne l'ai vue.

BERNARD.

Elle s'en plaint.

MARIE.

Ce n'est pas ma faute. Depuis notre installation à Ingouville, je n'ai pas mis le pied au Havre.

BERNARD

Vous vous plaisez beaucoup chez les Fourchambault ?

MARIE.

Beaucoup ; ce sont d'excellentes gens qui me gâtent à qui mieux mieux. Il y a une jeune fille dont je raffole.

BERNARD.

Il y a aussi un jeune homme.

MARIE.

Léopold ? Très-aimable, charmant.

BERNARD.

Charmant ! Ne vous fait-il pas la cour ?

MARIE.

Autrement, il manquerait à tous ses devoirs. Est-ce que cela se fait en France de ne pas faire la cour aux demoiselles ?

Elle se lève et va au panier à ouvrage prendre un bout de laine pour attacher ses fleurs.

BERNARD.

On la fait de préférence aux femmes mariées.

MARIE.

C'est plus moral. Quel drôle de pays ! Eh bien, je n'en sais que plus de gré à Léopold de perdre son temps avec moi.

BERNARD.

Prenez garde ! on dit qu'il ne le perd pas tout à fait.

MARIE, *se retournant vivement.*

Qui dit cela ?

BERNARD.

C'est un bruit de la ville.

MARIE, *traversant la scène.*

Et de quoi se mêle-t-elle, la ville ?

BERNARD.

Oh ! de tout ce qui ne la regarde pas.

MARIE.

Eh bien, priez-la de ma part de ne pas plus s'occuper de moi que je ne m'occupe d'elle. Il me plaît que Léopold me fasse la cour et je ne permets à personne de le trouver mauvais.

BERNARD.

On se passera de votre permission.

MARIE.

Tant pis pour qui.

BERNARD.

Je dois vous prévenir qu'il ne vous épousera pas.

MARIE.

Ah! dites donc, mon oncle! vous avez une jolie opinion de moi. Est-ce que vous croyez que je veux me faire épouser?

BERNARD.

Mais sarpejeu! si vous ne voulez pas vous faire épouser, que voulez-vous donc?

MARIE.

Je veux... (Riant.) je veux tout simplement m'amuser de cette petite guerre entre lui et moi. Laissez-moi jouir de mon reste, vieux rabat-joie que vous êtes.

BERNARD.

Croyez-moi, mon enfant, ne jouez pas avec le feu : à ce jeu-là, on se brûle toujours quelque chose.

MARIE.

Est-ce que vous doutez de moi?

BERNARD.

Je ne doute pas de votre vertu, mais de votre prudence, et je trouve que vous vous complaisez trop dans votre séjour ici.

MARIE.

N'est-ce pas naturel? C'est la dernière étape de mon indépendance. Songez donc que je ne sortirai d'ici que pour entrer en servitude.

BERNARD.

Ce que vous appelez servitude, ma pauvre enfant, c'est votre dignité.

MARIE.

Vous avez raison.

BERNARD.

Vous êtes ici dans une position fausse.

MARIE.

Trouvez-m'en une autre.

BERNARD.

M'autorisez-vous à chercher ?

MARIE, lui tendant la main.

Je vous en prie.

SCÈNE VII.

LES MÊMES, BLANCHE.

BLANCHE.

Maman vous prie de l'excuser : elle n'est pas en état de vous recevoir. D'ailleurs, il faut qu'elle consulte papa avant de conclure.

BERNARD.

Il n'est pas encore consulté?

BLANCHE.

Il le sera dans une heure, et maman vous écrira.

BERNARD.

J'attendrai. Il n'y a pas péril en la demeure... Adieu, mesdemoiselles. (*A Marie.*) Vous aurez de mes nouvelles sous peu de jours.

Il sort.

SCÈNE VIII.

BLANCHE, MARIE.

BLANCHE.

De quelles nouvelles parle-t-il?

MARIE.

Il a la bonté de me chercher une position.

BLANCHE.

Vous voulez nous quitter?

MARIE.

Ce n'est pas de gaîté de cœur, ma petite Blanchette, mais je ne peux pas m'éterniser chez vous : je n'ai que trop abusé déjà de votre hospitalité.

BLANCHE.

C'est nous, au contraire, qui abusons de vous avec un égoïsme révoltant, et si nous étions aussi fiers que vous, si nous comptions avec nos amis, c'est nous qui serions vos débiteurs.

MARIE.

Comment faites-vous ce compte-là?

BLANCHE.

Vous êtes si vibrante, si vivante, que vous répandez la vie autour de vous. Vous m'en avez plus appris en deux mois que tous mes professeurs en dix ans; vous m'avez appris à m'intéresser. J'étais une poupée à ressorts avant de vous connaître; je sens qu'auprès de vous je deviens une petite femme, aussi.. *I love you like a sister.*

MARIE, l'embrassant.

Et moi aussi, je vous aime comme une sœur.

BLANCHE.

Que ce mot est plus doux en français qu'en anglais! J'aurais voulu avoir une sœur... qui vous ressemblât... Oh! quelle belle sœur j'aurais là, et quelle belle fille aurait maman!

MARIE.

Je crois que ces beautés-là ne seraient pas de son goût.

MADAME FOURCHAMBAULT, à la cantonade.

C'est une indignité!

BLANCHE.

Je l'entends.

MARIE.

Il y a de l'orage.

FOURCHAMBAULT, à la cantonade.

Mais, mignonne!

MADAME FOURCHAMBAULT.

Assez! n'en parlons plus...

BLANCHE.

Sauve qui peut!

MARIE.

Ne les troublons pas dans l'exercice de leurs fonctions.

Elles sortent par le fond.

SCÈNE IX.

FOURCHAMBAULT, MADAME FOURCHAMBAULT.

entrant par la gauche.

MADAME FOURCHAMBAULT, arrivée sur le devant de la scène.

Pourquoi me suivez-vous?

FOURCHAMBAULT.

Je ne te suis pas, je t'accompagne.

MADAME FOURCHAMBAULT.

Vous m'êtes odieux; laissez-moi... Oh! ma pauvre mère, en me donnant à vous avec huit cent mille francs, ne croyait pas me vouer à une vie de privations!

FOURCHAMBAULT.

Une vie de privations... parce que je te refuse un yacht?

MADAME FOURCHAMBAULT.

J'aurais cru que ma dot m'autorisait à me passer quelques fantaisies; je me suis trompée.

FOURCHAMBAULT.

Une fantaisie de vingt mille francs!

MADAME FOURCHAMBAULT.

Est-ce vous qui payez?

FOURCHAMBAULT.

C'est avec ce raisonnement-là que tu me ruines.

MADAME FOURCHAMBAULT.

Je le ruine maintenant! Toute sa fortune lui vient de moi.

FOURCHAMBAULT.

Ne t'emporte pas, ma bonne amie; je te parle bien doucement, mais il faut que tu connaisses la situation.

MADAME FOURCHAMBAULT.

La situation?

FOURCHAMBAULT.

Je devrais être riche, et grâce au train que tu me fais mener au nom de ta dot, je vis au jour le jour; et s'il éclatait demain une catastrophe sur la place du Havre, je n'ai pas ça de réserve pour y faire face.

MADAME FOURCHAMBAULT.

Ce n'est pas vrai! Hâtez-vous de le dire, car si c'était vrai, ce serait votre condamnation.

FOURCHAMBAULT.

La mienne? ou la tienne?

MADAME FOURCHAMBAULT.

La mienne, c'est trop fort! Est-ce ma faute si vous n'entendez rien aux affaires? Si vous n'avez pas su profiter de votre train et de vos relations pour tailler dans le grand? Tout autre à votre place...

FOURCHAMBAULT.

C'est possible! moi, j'ai la petitesse d'être honnête homme et de vouloir rester honnête homme.

MADAME FOURCHAMBAULT.

Oui, oui! c'est la prétention de tous les maladroits qui

ne réussissent pas. Ils se dédommagent en se décernant le prix Monthyon. Eh bien, monsieur, quand on est timide et médiocre, on ne s'obstine pas à rester à la tête d'une maison de banque ; on passe la main à son fils.

FOURCHAMBAULT.

Tu y reviens encore? mais, mon amie, je te l'ai dit : autant vaudrait m'enterrer vivant! Je suis déjà réduit à zéro dans ma famille...

MADAME FOURCHAMBAULT.

Vous prenez bien votre temps pour vous poser en victime, quand vous me refusez brutalement une futilité...

FOURCHAMBAULT.

Je ne te refuse rien ; je t'expose la situation. Maintenant fais ce que tu voudras. Je ne peux pas dire mieux.

MADAME FOURCHAMBAULT.

A la bonne heure ! Mais vous m'avez fait beaucoup de peine, Adrien ; et cela, au moment où je vous ménageais une surprise...

FOURCHAMBAULT.

Voyons ta surprise. (A part.) Elle me fait trembler.

MADAME FOURCHAMBAULT.

La maison Fourchambault vient de remporter, grâce à moi, une victoire signalée sur la maison Duhamel.

FOURCHAMBAULT.

A savoir ?

MADAME FOURCHAMBAULT.

Madame Duhamel travaille depuis longtemps à marier sa fille au fils du préfet...

FOURCHAMBAULT.

Je le sais, après?

MADAME FOURCHAMBAULT.

Tandis que cette pimbèche affichait ses prétentions, moi je négociais sans bruit, et le baron Rastiboulois va venir tout à l'heure nous demander la main de notre fille.

FOURCHAMBAULT.

Ah! mais non! non! J'ai un autre parti en vue.

MADAME FOURCHAMBAULT.

Vous? Je serais curieuse de savoir...

FOURCHAMBAULT.

C'est un brave garçon de notre monde qui aime Blanche et qui en est aimé, si je ne me trompe.

MADAME FOURCHAMBAULT.

Vous vous trompez du tout au tout. C'est de Victor Chauvet, que vous parlez? Le commis de M. Bernard?

FOURCHAMBAULT.

Son bras droit, son *alter ego*.

MADAME FOURCHAMBAULT.

Blanche a bien eu un moment de rêvasserie à son endroit; mais c'était un brouillard du matin, sur lequel je n'ai eu qu'à souffler. Elle n'y pense plus, et je vous engage à faire comme elle.

FOURCHAMBAULT.

Que reproches-tu à ce jeune homme?

MADAME FOURCHAMBAULT.

Rien et tout! Son nom même est ridicule... Chauvet, chauve!...

FOURCHAMBAULT.

Il est crépu comme un mérinos.

MADAME FOURCHAMBAULT.

Tout ce qu'il vous plaira ; je n'aurais jamais consenti à m'appeler madame Chauvet, et ma fille a le cœur aussi bien placé que moi. D'ailleurs, c'est un détail ; le fond de l'affaire, c'est que je ne veux pas donner ma fille à un commis.

FOURCHAMBAULT.

Tu ne veux pas ! tu ne veux pas ! nous sommes deux.

MADAME FOURCHAMBAULT.

Est-ce vous qui dotez Blanche ?

FOURCHAMBAULT.

Est-ce moi... non.

MADAME FOURCHAMBAULT.

Alors, vous voyez bien que nous ne sommes pas deux. Puisque je dote, j'ai droit de choisir mon gendre.

FOURCHAMBAULT.

Et moi j'ai droit de le refuser ; je te déclare que je ne veux à aucun prix de ton petit baron.

MADAME FOURCHAMBAULT.

Que lui reprochez-vous à votre tour, à part son titre ?

FOURCHAMBAULT.

C'est un viveur, un joueur, un petit bonhomme usé avant l'âge.

MADAME FOURCHAMBAULT.

Il plaît à Blanche comme il est.

FOURCHAMBAULT.

Saprelotte! il n'est pourtant pas beau.

MADAME FOURCHAMBAULT.

Qu'importe? N'ai-je pas été la plus heureuse des femmes?

FOURCHAMBAULT.

Hein?... En un mot comme en cent, je n'en veux pas. Blanche n'épousera pas Chauvet, soit, mais elle épousera encore moins Rastiboulois. J'ai dit.

MADAME FOURCHAMBAULT.

Mais, monsieur...

FOURCHAMBAULT.

J'ai dit.

Il sort.

SCÈNE X.

MADAME FOURCHAMBAULT seule, puis RASTIBOULOIS.

MADAME FOURCHAMBAULT, seule.

Et voilà nos maîtres! Ce sont eux qui ont fait les lois! Ah! pauvres femmes que nous sommes! Épuisons-nous donc à édifier la grandeur de notre famille, pour qu'un caprice de ce despote inintelligent vienne tout renverser!

UN DOMESTIQUE, annonçant.

Monsieur le baron Rastiboulois.

MADAME FOURCHAMBAULT, à part.

Que vais-je lui dire maintenant?

RASTIBOULOIS, *entrant.*

Pardonnez-moi, belle dame, d'avoir pris la liberté de disposer de votre temps. Je suis si peu maître du mien...

MADAME FOURCHAMBAULT, *lui montrant un siége.*

Ne vous excusez pas, monsieur le baron.

RASTIBOULOIS, *s'asseyant.*

Il n'y a pas de baron ici ; il n'y a qu'un père de famille, et c'est en cette qualité que j'ai osé solliciter un tête-à-tête, dont mon âge me rendrait indigne autrement, à mon grand regret...

MADAME FOURCHAMBAULT, *à part.*

Il est vraiment aimable.

RASTIBOULOIS.

Vous connaissez l'objet de ma visite, puisque tout est d'accord entre vous et ma femme ; c'est donc une pure formalité que je viens remplir...

MADAME FOURCHAMBAULT.

Avant tout, monsieur le baron, je dois vous avouer que je n'ai pas encore mis mon mari dans la confidence de nos projets.

RASTIBOULOIS.

Diantre ! me serais-je trop pressé de rompre avec les Duhamel ?

MADAME FOURCHAMBAULT.

Les Duhamel !

RASTIBOULOIS.

Dame ! vous comprenez ..

MADAME FOURCHAMBAULT.

Oui... je comprends. (Résolûment.) Mais je me porte fort du consentement de mon mari.

RASTIBOULOIS.

A la bonne heure. Eh bien, chère madame, préparez votre seigneur et maître à la démarche que j'aurai l'honneur de faire demain auprès de lui; et pour terminer entre vous et moi, bien qu'il me répugne de parler chiffres à une jolie femme...

MADAME FOURCHAMBAULT.

Ah! baron!

RASTIBOULOIS.

A une jolie femme, je l'ai dit et le maintiens; bien que les gens de notre sorte soient au-dessus de ces vils intérêts, je suis obligé par l'usage à vous en entretenir brièvement. — Je donne à mon fils cent cinquante mille francs le jour du mariage, et il lui en reviendra autant après sa mère et moi... Voilà.

MADAME FOURCHAMBAULT.

Pour vous suivre sur le terrain des chiffres...

RASTIBOULOIS.

Pas un mot de plus, de grâce! Mademoiselle votre fille n'apportât-elle que sa personne, nous signerions le contrat les yeux fermés.

MADAME FOURCHAMBAULT.

Vous êtes un vrai gentilhomme.

RASTIBOULOIS.

On le dit. — Un seul mot; les trois cent mille francs de la dot sont pris sur votre fortune personnelle?

MADAME FOURCHAMBAULT.

Mon mari ne veut pas immobiliser ses capitaux qui sont ses outils.

RASTIBOULOIS.

Dites ses armes... et même ses armoiries, car la haute finance est une noblesse aussi, et la maison Fourchambault peut s'allier de plain pied à la maison Rastiboulois. Ses écus valent bien les nôtres, soit dit sans calembour; et une fortune comme celle de votre mari, qui s'élève à... A combien?

MADAME FOURCHAMBAULT.

Je n'en sais absolument rien.

RASTIBOULOIS.

Et croyez bien que je n'en veux rien savoir. C'est uniquement la tournure de ma phrase qui a amené ce semblant de question. J'ai horreur de ce qu'on a l'infamie d'appeler des espérances : je n'en ai qu'une, madame; c'est que vous nous enterrerez tous.

MADAME FOURCHAMBAULT.

Dieu le veuille, mais je suis d'une santé bien chétive sous des apparences...

RASTIBOULOIS.

Admirables, madame, admirables. — C'est monsieur votre fils qui héritera de la maison de banque?

MADAME FOURCHAMBAULT.

En tenant compte à sa sœur, bien entendu...

RASTIBOULOIS.

Pas un mot de plus... Je joue de malheur avec mes questions. Elles ont toutes l'air d'un inventaire, et Dieu sait pourtant... Je voulais dire que voilà un joli garçon qui sera un beau parti. Ne songez-vous pas à l'établir?

MADAME FOURCHAMBAULT.

Pas encore, cher enfant.

RASTIBOULOIS.

Il a bien quelques folies à faire oublier.

MADAME FOURCHAMBAULT.

Il se range.

RASTIBOULOIS, avec un sourire.

On le dit beaucoup... Mais je m'admire! Je vous parle de tout cela comme si j'étais déjà de la famille, tandis que je n'ai pas encore l'agrément de son chef.

MADAME FOURCHAMBAULT.

Vous l'aurez ce soir même; il ira vous le porter; ne vous dérangez pas, votre temps est précieux.

RASTIBOULOIS, tirant sa montre.

Si précieux que je me vois obligé de m'arracher à ce charmant entretien. Présentez mes compliments à M. Fourchambault et agréez, belle dame, mes plus tendres hommages.

Il lui baise la main.

MADAME FOURCHAMBAULT.

A bientôt, cher baron.

Il sort.

SCÈNE XI.

MADAME FOURCHAMBAULT, seule, puis FOURCHAMBAULT.

MADAME FOURCHAMBAULT, seule.

Il a des manières charmantes... Ah! il serait bien dangereux s'il avait seulement dix ans de moins...

FOURCHAMBAULT, entrant.

Il est parti. Comment cela s'est-il passé?

MADAME FOURCHAMBAULT.

Très-simplement. Je lui ai dit que, pour ma part, je me tenais fort honorée de sa demande, mais que j'en référerais à mon chef, et que tu lui porterais ta réponse. Ainsi, tu n'as plus qu'à aller ce soir à la préfecture...

FOURCHAMBAULT.

Comment?... il faut que j'aille ce soir... Tu aurais bien pu lui déclarer la chose tout de suite! Elle est fort embarrassante à dire en face.

MADAME FOURCHAMBAULT.

C'est pourquoi je ne l'ai pas dite.

FOURCHAMBAULT.

Je vais me faire un ennemi mortel de cet homme-là!

MADAME FOURCHAMBAULT.

Mortel... nous le sommes tous.

FOURCHAMBAULT.

Je te conseille de plaisanter à présent!

MADAME FOURCHAMBAULT.

Après tout, tu n'es pas son subordonné.

FOURCHAMBAULT.

Hé! dans ma position, on dépend de tout le monde! Sapredienne! ne pouvais-tu pas prendre la rupture sous ton bonnet?

MADAME FOURCHAMBAULT.

Les bonnets ne sont pas encore de mon âge. Je me coiffe en cheveux.

FOURCHAMBAULT.

Ah! je n'ai pas envie de rire.

MADAME FOURCHAMBAULT.

Moi non plus... d'autant que le baron va sans doute se retourner vers les Duhamel et apporter à cette maison rivale l'appoint de son alliance.

FOURCHAMBAULT.

C'est très-désagréable.

MADAME FOURCHAMBAULT.

Dame, arrange-toi. Tu es encore à temps de changer d'avis.

FOURCHAMBAULT.

Il ne s'agit pas de changer d'avis... Un petit drôle qui est joueur comme les cartes!

MADAME FOURCHAMBAULT.

Pas plus que Léopold.

FOURCHAMBAULT.

Si tu crois que je lui donnerais ma fille, à Léopold!

MADAME FOURCHAMBAULT.

Au surplus, accepte ou refuse, cela te regarde.

FOURCHAMBAULT.

Tu m'as mis là dans un bel embarras!

MADAME FOURCHAMBAULT.

Tu as jusqu'à ce soir pour te décider. Je te laisse absolument libre... Seulement tu me feras le plaisir, en allant à la Préfecture, de passer chez M. Bernard.

FOURCHAMBAULT.

Pourquoi faire?

MADAME FOURCHAMBAULT.

Pour lui dire de ne pas donner suite à l'affaire du yacht.

FOURCHAMBAULT.

Comment! tu y renonces?

MADAME FOURCHAMBAULT.

Oui, toutes réflexions faites.

FOURCHAMBAULT.

Ah! que tu es gentille quand tu veux!

MADAME FOURCHAMBAULT.

Je suis raisonnable, voilà tout.

FOURCHAMBAULT.

Je le reconnais, je le reconnais!

MADAME FOURCHAMBAULT.

Je le suis même plus que toi, puisque je renonce à une fantaisie absurde et que, toi, tu avais la folie de me l'accorder.

FOURCHAMBAULT.

C'est vrai! Plus raisonnable que moi!... Donne-moi donc un conseil pour cette maudite affaire.

MADAME FOURCHAMBAULT.

Je te conseille de consulter Blanche.

FOURCHAMBAULT.

Tiens! je n'y songeais pas! Expédient parfait! Elle est la première intéressée, en somme; c'est à elle de nous départager. Acceptes-tu sa décision?

MADAME FOURCHAMBAULT.

Puisque j'acceptais la tienne...

FOURCHAMBAULT.

Tu es un ange. Allons trouver Blanche. (Elle lui prend le bras et ils se dirigent tous deux vers la gauche.) Après tout, si ce yacht te fait plaisir...

MADAME FOURCHAMBAULT.

Non; tu le mettras dans la corbeille.

FOURCHAMBAULT, riant.

Pas en nature, non! pas en nature!

Ils sortent, la toile tombe.

ACTE DEUXIÈME.

Un salon d'une simplicité sévère chez Bernard. — Porte au fond, porte à gauche. — Cheminée à droite; devant la cheminée, une table carrée flanquée d'un fauteuil et d'une chaise; au premier plan à gauche, un canapé et une chaise à côté.

SCÈNE PREMIÈRE.

MADAME BERNARD, seule, compulsant un grand livre sur la table; puis BERNARD.

BERNARD entre par le fond, va jusqu'au fauteuil de sa mère et s'accoudant sur le dossier.

Quel admirable caissier tu fais, petite mère! Toujours dans tes livres!

Elle lève la tête, il l'embrasse au front.

MADAME BERNARD, souriant.

Tu serais bien étonné si tu apprenais un matin que je suis partie pour la Belgique.

BERNARD.

Je serais stupéfait! Tu n'es pas seulement l'ordre et l'économie de ma maison, tu en es l'inspiration, la hardiesse et la prudence. Non contente d'avoir fait ma fortune... car c'est bien toi qui l'as faite! sans toi, du diable si j'aurais eu le flair de croire à la durée de la guerre d'Amérique...

MADAME BERNARD.

C'est convenu. De ce non contente... ?

BERNARD.

Non contente d'administrer cette fortune comme Colbert...

MADAME BERNARD.

Qu'ai-je encore fait? Voyons, achève, car je vois que tu tournes autour d'une nouvelle...

BERNARD.

Et d'une grosse nouvelle, encore! La maison Cartier a suspendu ses paiements ce matin et les frères Cartier sont en fuite.

MADAME BERNARD.

Je l'ai toujours prédit qu'ils finiraient mal. Ce sont des casse-cou.

BERNARD.

Ils sont partis avec la caisse.

MADAME BERNARD.

Cela ne m'étonne pas. Qui dit casse-cou, dit malhonnête homme.

BERNARD.

Panique générale sur la place. Tout le monde avait confiance en eux; je suis peut-être le seul qui ne soit pas atteint par leur débâcle, et grâce à qui? Grâce à toi, ma Providence. Ah! tu peux te vanter d'avoir le nez fin. Comment une simple femme...?

MADAME BERNARD.

Je me suis faite homme le jour où je suis devenue ton

père. L'infériorité des femmes vient de l'habitude de vivre en tutelle. On ne développe que les forces dont on a besoin. J'avais besoin de toutes les miennes, n'ayant devant moi que des devoirs : ton existence, ton éducation, ton avenir. Mon rachat devant Dieu était de faire de toi un honnête homme : mon rachat devant toi-même était de faire de toi un des heureux de ce monde qui me rejetait. Tout ce que les autres femmes dépensent de finesse et de volonté dans les luttes intérieures, je l'ai appliqué, moi, aux luttes du dehors. J'ai réussi au delà de mes espérances.

BERNARD.

O ma chérie! tu as été mon père et ma mère. Que parles-tu de rachat? La limpidité de ta vie n'a été troublée une fois que pour devenir inaltérable à jamais; mon enfance en a été le témoin, et quel témoin que l'enfance! Va, je ne porte pas envie aux autres fils qui sont obligés de diviser leur cœur; je ne sais pas comment je ferais. Aussi, je ne te demande même plus de me nommer celui qui n'a pas voulu me partager avec toi.

MADAME BERNARD.

Je te le nommerai quand tu lui auras pardonné comme moi.

BERNARD.

Comme toi, chère bête du bon Dieu !

MADAME BERNARD.

Ce jour-là, tu viendras loyalement me demander son nom et je te le dirai.

BERNARD, sombre.

Nous n'y sommes pas encore. (Changeant de ton.) Quand je suis entré, tu te livrais, je gage, à ta manie d'inventaire?

MADAME BERNARD.

Précisément. Sais-tu à combien se monte ta fortune à ce jour? Elle atteint les deux millions... moins trois francs.

BERNARD, mettant la main à sa poche.

Voilà les trois francs... fais un compte rond.

MADAME BERNARD.

A qui tout cet argent ira-t-il après toi?

BERNARD, adossé à la cheminée.

Parbleu, je fonderai par testament un hospice pour les enfants trouvés.

MADAME BERNARD.

Ne vaudrait-il pas mieux avoir des enfants toi-même?

BERNARD, gaiment, s'asseyant en face de sa mère.

Me marier? Tu y reviens?

MADAME BERNARD.

Ce me serait une grande consolation d'avoir des petits-fils légitimes!

BERNARD.

Mais, maman, à quoi bon toutes les précautions que tu as prises pour dissimuler l'irrégularité de ma naissance; à quoi bon avoir quitté ton pays et avoir changé de nom; à quoi bon la vie claustrale à laquelle tu t'es condamnée, si c'est pour étaler un jour à la mairie et devant témoins, les actes de mon état civil? Je croyais que c'était un point réglé entre nous.

MADAME BERNARD.

Oui, mon enfant, mais il m'est venu depuis une idée qui concilierait tout. Nous louerions loin d'ici, et sous ton véritable nom, une maison de campagne que j'habiterais pendant six mois et où tu paraîtrais de temps à autre. Six mois suffisent pour établir le domicile ; je me suis informée. Tu te marierais là, et quand tu reviendrais au Havre avec ta femme, personne ne demanderait à vérifier ton acte de mariage.

BERNARD, *se levant.*

Et tu crois que nous trouverions une famille qui se prêterait à cet expédient?

MADAME BERNARD.

Tu peux épouser une orpheline.

BERNARD.

Il faudrait toujours mettre ma femme dans notre confidence.

MADAME BERNARD.

Tu serais bien sûr qu'elle te garderait le secret.

BERNARD, *près de sa mère.*

Mais c'est à elle surtout que je voudrais le cacher. N'en parlons plus.

MADAME BERNARD.

Ah! mon pauvre enfant, tu rougis donc bien de la tache que je t'ai mise au front!

BERNARD.

Moi? je m'en moque pas mal! (*Il embrasse vivement sa mère.*) J'en tirerais plutôt gloire! Oui, s'il s'agissait de moi seul, je le crierais sur les toits, que je ne dois rien qu'à ton courage et au mien! Mais ce crime de mon père que tu es parvenue à cacher par sollicitude maternelle, moi je veux l'ensevelir par respect filial. Ce n'est pas seulement de la tendresse que j'ai pour toi, c'est un culte... Et si je m'apercevais que ma femme ne partage pas ma vénération... je suis plutôt concentré et timide, mais je sens que je lui tordrais le cou... Comprends-tu maintenant pourquoi je ne veux pas me marier?

Il s'assied sur le canapé.

MADAME BERNARD, *debout près de lui.*

Je comprends et je te remercie. Mais crois-tu qu'il n'y ait pas au monde une femme d'un cœur assez haut pour amnistier mon malheur?

BERNARD.

Oui, une femme qui aurait assez souffert pour comprendre.

MADAME BERNARD.

Marie Letellier, par exemple?

BERNARD.

Marie! elle n'a souffert que dans sa fortune; elle ne comprendrait pas mieux qu'une autre.

MADAME BERNARD.

Qui sait?... M'autorises-tu à la pressentir?

BERNARD, *se levant.*

Jamais! A quoi bon d'ailleurs? Est-ce qu'elle voudrait de moi? Regarde-moi donc! Je n'ai jamais été joli, et ma rude existence n'était pas faite pour m'embellir. J'ai quinze ans de plus qu'elle et j'en parais davantage.

MADAME BERNARD.

Qu'importe? Elle sait ce que tu vaux, elle t'a vu à l'œuvre. Je suis sûre qu'elle serait fière d'être ta femme.

BERNARD, avec un rire forcé.

Ma nièce plutôt ! Elle m'appelle son oncle... cela dit tout. Ne te leurre pas, chère mère : si Marie a du penchant pour quelqu'un, ce n'est pas pour ton fieu. Il y a chez les Fourchambault un jeune homme qui lui fait la cour et qu'elle trouve charmant.

MADAME BERNARD.

Qui te fait croire ?...

BERNARD.

Elle reconnait elle-même le danger, et me prie de l'en tirer le plus tôt possible... voilà quelques jours que je pratique et que j'étudie dans ce but une famille anglaise qui cherche une institutrice française.

MADAME BERNARD.

Marie serait obligée de quitter la France?

BERNARD, avec effort.

Oui. Mais j'aime encore mieux cela pour elle que de la voir rester là où elle est. Ce petit Léopold est un garçon déluré que je crois capable de tout.

MADAME BERNARD.

Mais Marie est foncièrement honnête.

BERNARD, s'animant peu à peu.

Je ne lui fais pas l'injure d'en douter ; mais nous sommes payés pour savoir combien une promesse de mariage coûte peu aux drôles de cette espèce et combien peu ils la tiennent pour une dette d'honneur. O race de bandits plus damnables que les voleurs de grand chemin ! n'aurai-je donc jamais la joie d'en écraser un !

MADAME BERNARD.

Tu me fais peur... tes yeux dardent la haine... Je sens monter une de tes colères terribles... contre qui donc ?

BERNARD.

Tu me le demandes ?

MADAME BERNARD.

Je ne t'ai jamais vu ainsi, jamais !

BERNARD, *éclatant.*

Parce que je me maîtrisais par respect pour ta clémence!... Mais le péril de la pauvre enfant a remué tout ce que mon cœur renferme d'indignation contre cet homme... que je hais sans le connaître !

MADAME BERNARD.

Bernard!... tu oublies qu'il est ton père.

BERNARD.

Il a bien oublié, lui, que je suis son fils !

MADAME BERNARD.

Et s'il ne l'a pas cru ?

BERNARD, *étonné.*

S'il ne l'a pas cru ?

MADAME BERNARD, *tombant assise sur le canapé.*

Voilà le mot qui m'est monté cent fois aux lèvres et que j'ai toujours retenu lâchement, car c'est le point le plus douloureux de ce douloureux passé. Mais tu viens de frapper si fort sur ma conscience qu'elle a crié malgré moi.

BERNARD.

Ta conscience ?

MADAME BERNARD.

Ton père était un honnête homme, un homme de cœur que je n'ai pas le droit de laisser sous le poids de ton mépris : et si pénible que soit cette explication...

BERNARD, *vivement.*

Je ne veux pas l'entendre... elle est inutile, puisque je ne connais pas cet homme et ne veux pas le connaître.

MADAME BERNARD.

Le coupable, ce n'est pas lui.

BERNARD, *très-ému.*

Qui donc ?

MADAME BERNARD.

Moi... et son père !... Moi, qui par mon imprudence ai donné prise à un soupçon odieux : son père, qui l'a exploité durement contre moi, en mon absence... Je m'étais réfugiée à Paris : j'y reçus un jour une lettre de rupture aussi brève que cruelle ; son père, me disait-il sans autre explication, lui avait ouvert les yeux.

BERNARD.

Mais tu es accourue pour confondre le calomniateur ?

MADAME BERNARD, *baissant les yeux.*

Non.

BERNARD.

Non ?

MADAME BERNARD.

Pardonne-moi ! je n'écoutai que mon orgueil... je n'étais pas mère encore ! Et quand tu vins au monde, quand je compris que j'aurais dû me défendre au moins pour toi, il était trop tard : je m'étais condamnée par mon silence.

BERNARD fait quelques pas, la tête basse, puis il regarde sa mère, hausse les épaules et d'une voix douce :

Tu as bien fait de te taire. Ce n'était pas à toi, c'était à lui de demander des explications. Mais ne dis plus que c'était un homme de cœur. Un homme de cœur ne condamne pas sans entendre ; il n'accepte pas la calomnie sans preuves.

MADAME BERNARD, détournant la tête.

Hélas ! le premier châtiment de la femme tombée n'est-il pas d'être suspecte à l'auteur même de sa chute ? Et pourquoi lui serait-elle en effet plus fidèle qu'elle ne l'a été à l'honneur ? La moindre apparence l'accuse...

BERNARD tombe sur la chaise à côté du canapé. Après un silence, d'une voix tremblante :

Qu'importe l'apparence ! toi, mère, n'es-tu pas l'évidence ? Il n'y a qu'à te regarder !

MADAME BERNARD.

Je n'étais pas alors ce que je suis aujourd'hui ! Le malheur m'a transformée...

BERNARD, accablé.

C'est possible. (Se levant.) Tu m'as dit tout ce que tu avais à me dire là-dessus, n'est-ce pas ? Eh bien, n'en parlons plus... (Geste de madame Bernard.) Je t'en supplie ! c'est aussi pénible pour moi que pour toi.

Il remonte.

MADAME BERNARD.

Tu t'en vas ?

BERNARD.

J'attends le navire qui ramène Chauvet. Je vais à la jetée.

Il sort.

SCÈNE II

MADAME BERNARD, seule.

On dirait qu'il m'en veut de défendre son père ? Ah ! jamais il ne lui pardonnera ! Je ne le lui nommerai donc jamais.

UN VIEUX DOMESTIQUE, en habit noir.

Il y a là deux dames quêteuses qui demandent à vous voir.

MADAME BERNARD.

Fais entrer.

SCÈNE III.

MADAME BERNARD, MADAME FOURCHAMBAULT, BLANCHE, une bourse de quêteuse dans la main. Madame Bernard leur montre le canapé ; elles s'y asseyent toutes les deux ; madame Bernard s'assied elle-même sur la chaise à côté.

MADAME FOURCHAMBAULT.

Pardonnez-moi mon indiscrétion, madame. J'ai, depuis un mois, l'honneur d'être dame patronnesse de l'orphelinat Saint-Joseph, et l'un des priviléges de ma charge est de forcer une porte qui ne s'ouvre, je le sais, que devant la charité.

MADAME BERNARD.

J'ai déjà donné, madame, pour l'œuvre que vous patronnez, mais il ne sera pas dit que vous vous serez dérangée inutilement.

MADAME FOURCHAMBAULT.

Je n'attendais pas moins de votre générosité, madame. On m'a tant parlé de vous ! Nous aimons toutes deux beaucoup une jeune personne très-intéressante, mademoiselle Letellier, à qui j'ai le plaisir de donner l'hospitalité.

MADAME BERNARD, se levant brusquement, d'une voix sourde :

Madame Fourchambault?

MADAME FOURCHAMBAULT, se levant aussi.

Moi-même, madame. Permettez-moi de vous présenter ma fille.

MADAME BERNARD.

Mademoiselle Blanche.

BLANCHE.

Qui avait une envie folle de vous connaître, madame, après toutes les louanges que Maïa nous a faites de vous.

On se rassied.

MADAME BERNARD, dominant son trouble.

J'aimerais mieux qu'elle me louât moins et qu'elle vînt me voir plus souvent. Elle me néglige un peu depuis votre installation à Ingouville.

MADAME FOURCHAMBAULT.

Vous la verrez probablement aujourd'hui, car nous passons la journée au Havre, où nous avons couché. Nous dînions hier, en gala, à la préfecture, et nous allons ce soir au théâtre dans la loge du préfet. Permettez-moi à ce propos de vous annoncer le mariage de ma fille avec le jeune baron Rastiboulois.

MADAME BERNARD.

Tous mes compliments, mademoiselle.

MADAME FOURCHAMBAULT.

Les bans sont publiés; dans huit jours, cette petite fille sera baronne. Nous signons le contrat mercredi prochain; nous aurons une petite soirée toute simple, à laquelle vous nous ferez, j'espère, l'honneur d'assister.

MADAME BERNARD.

Moi, madame?

BLANCHE.

Nous vous en prions au nom de votre fils et de Maïa.

MADAME BERNARD.

Ce serait avec grand plaisir, mesdames, mais mon costume vous répond pour moi.

BLANCHE.

Tiens, c'est vrai: vous êtes en deuil.

MADAME BERNARD.

Un deuil que je porte depuis longtemps et que je ne quitterai jamais.

BLANCHE.

Voilà donc pourquoi vous n'allez pas dans le monde?

MADAME FOURCHAMBAULT.

Blanche!

MADAME BERNARD.

Oui, mademoiselle.

MADAME FOURCHAMBAULT.

Excusez-moi d'avoir réveillé involontairement un triste

souvenir. Nous regretterons doublement votre absence, madame. Prenons congé, ma fille.

Elle se lève.

BLANCHE, *secouant son escarcelle.*

Pour les pauvres, s'il vous plaît!

MADAME BERNARD.

Nous allions les oublier. (*Elle ouvre son porte-monnaie et le referme en souriant.*) Je n'ai pas ce qu'il faut sur moi; pardon, mesdames, je reviens dans l'instant.

Elle sort par la gauche.

SCÈNE IV.

MADAME FOURCHAMBAULT, BLANCHE.

BLANCHE.

Eh bien, Maïa avait raison ; c'est une femme très comme il faut.

MADAME FOURCHAMBAULT.

Elle n'est pas mal, mais elle va nous chercher cent sous !

BLANCHE.

Qu'en sais-tu?

MADAME FOURCHAMBAULT.

Quand elle a ouvert son porte-monnaie, j'y ai vu de l'or.

BLANCHE.

Après tout, elle a déjà donné.

MADAME FOURCHAMBAULT.

Soit; mais si elle avait le moindre savoir-vivre, elle saurait qu'on n'offre pas cinq francs à une quêteuse de ma sorte. D'ailleurs, tout ici respire la mesquinerie. Regarde-moi ce salon! Est-ce assez glacial!

BLANCHE.

C'est un peu sévère, on ne doit pas rire beaucoup là-dedans; mais c'est bien en harmonie avec la personne de madame Bernard et sa tenue.

MADAME FOURCHAMBAULT.

Oui, sa tenue! Ne vois-tu pas que ce deuil éternel est une simple économie de toilettes? Tu crois aux deuils éternels, toi?

LE DOMESTIQUE, annonçant.

Mademoiselle Letellier.

SCÈNE V.

LES MÊMES, MARIE, puis MADAME BERNARD.

MARIE.

Vous, ici, mesdames?

MADAME FOURCHAMBAULT.

Vous nous aviez inspiré une si vive curiosité de voir madame Bernard...

BLANCHE.

Nous sommes venues sous prétexte de quête.

MADAME FOURCHAMBAULT.

Et elle est allée chercher une pièce de cent sous, n'ayant que de l'or sur elle.

MARIE.

Cela ne lui ressemble guère.

MADAME BERNARD, *entrant de gauche et donnant la main à Marie.*

Ah! bonjour, Marie. (*A Blanche.*) Voici mon offrande, mademoiselle. (*A Marie.*) Il y avait un siècle que je ne vous avais vue.

BLANCHE.

Un billet de mille francs, maman!

MADAME FOURCHAMBAULT, *pincée.*

C'est beaucoup trop, madame.

MADAME BERNARD.

Jamais trop pour les orphelins.

BLANCHE.

Comme ils vont vous bénir.

MADAME BERNARD, *lui prenant la main.*

Que Dieu détourne leurs bénédictions sur votre tête, mon enfant... (*Avec un doux sourire.*) ce sera mon cadeau de noces.

BLANCHE.

Je n'en aurai pas de plus beau.

MARIE, *à part.*

Noble et charmante femme!

MADAME FOURCHAMBAULT, *sèchement.*

Si tout le monde est aussi magnifique que vous, madame, notre tournée sera fructueuse. Viens, ma fille.

BLANCHE

A tantôt, Maïa. Merci, madame ; vous m'aurez porté bonheur.

MADAME FOURCHAMBAULT, à madame Bernard.

Ne vous dérangez pas, de grâce, vous avez une visite... (A part, sur la porte.) Quelle ostentation!

Elles sortent.

SCÈNE VI

MARIE, MADAME BERNARD.

MADAME BERNARD.

Pourquoi s'en va-t-elle d'un air pincé?

MARIE.

Dame! elle tenait la tête de la souscription avec cinquante piastres, elle se voit tout à coup distancée par deux cents... c'est pénible.

MADAME BERNARD, souriant.

Vraiment? Eh bien, dites-lui que je désire garder l'anonyme.

MARIE.

Voilà qui la remettra de bonne humeur.

MADAME BERNARD.

Pauvre femme. Mon fils dit qu'elle n'a pas le sens moral très-développé?

MARIE.

Votre fils a sous les yeux un point de comparaison qui le

rend trop sévère. Madame Fourchambault possède toute l'honnêteté courante, je vous assure. Peut-être bien est-elle un peu de ces gens qui excellent à éblouir leur conscience et à lui faire voir des étoiles en plein midi...

MADAME BERNARD.

Oui, qui croient tout ce qu'ils veulent et de la meilleure foi du monde : il y en a beaucoup comme ça.

MARIE.

Mais très-bonne femme d'ailleurs, et d'un commerce très-sûr... sinon qu'elle change trop souvent d'idée fixe.

MADAME BERNARD.

Fort bien : entêtée et versatile à la fois.

MARIE.

Quelque chose comme ça. En somme, très-bon enfant... gâté, à qui nous devons pardonner bien des petits ridicules en faveur...

MADAME BERNARD.

En faveur de quoi?

MARIE.

Je cherche.

MADAME BERNARD.

La voilà accommodée de toutes pièces. — Rend-elle au moins son mari heureux?

MARIE.

Je crois que oui : il n'est pas exigeant. Il est si bon!... bon comme du pain! sa destinée était d'être mangé; il l'accomplit sans résistance, sans même croquer sous la dent... tout en mie!

MADAME BERNARD.

Pourquoi vous moquez-vous de ce pauvre homme? C'est mal.

MARIE.

Cela n'empêche pas d'aimer les gens.

SCÈNE VII.

LES MÊMES, BERNARD.

BERNARD, à part.

Marie! (A Marie.) Bonjour, mademoiselle...

Il passe à la table.

MARIE.

Bonjour, monsieur Bernard.

MADAME BERNARD, quittant le canapé. — Passant vers son fils.

Chauvet est arrivé?

BERNARD, contraint et évitant le regard de sa mère.

Oui, il dînera ce soir avec nous.

MADAME BERNARD.

Il va bien?

BERNARD, déposant des papiers sur la table.

Parfaitement. (A Marie.) Mais c'est le papa Fourchambault qui ne va pas bien!

MARIE.

Comment cela?

MADAME BERNARD.

Il est malade?

BERNARD.

Non pas lui, mais ses affaires. Il est à la veille de suspendre ses paiements.

MARIE.

Ah! mon Dieu!

MADAME BERNARD, s'asseyant près de la table.

Le malheureux!

BERNARD, à Marie.

Vous n'en saviez rien?

MARIE.

Personne chez lui ne le sait. Ah! pauvres gens!

BERNARD.

Il n'aura pas voulu confesser son désastre avant d'avoir épuisé ses dernières chances de salut.

MADAME BERNARD.

Il est entraîné dans la débâcle des frères Cartier, sans doute?

BERNARD.

Il a pour deux cent quarante mille francs de leur papier.

MADAME BERNARD.

Et c'est pour si peu qu'il déposerait son bilan? Cette maison Fourchambault qui semblait si solide!

BERNARD.

Il paraît qu'elle était tout en façade.

MADAME BERNARD.

C'est sa femme qui le ruine.

BERNARD.

Parbleu!... Le pauvre diable va frappant à toutes les portes; mais il ne trouvera pas un sou. Sa démarche même lui ôte tout crédit, parce qu'elle découvre une situation qu'on était à cent lieues de soupçonner.

MARIE.

Mais il a des amis...

MADAME BERNARD.

Qui sont tous plus ou moins atteints ou qui feindront de l'être, trop heureux d'un prétexte à refuser un prêt si aventuré.

MARIE.

Vous me navrez, madame. Quoi, cet honnête homme ne trouvera pas un ami qui consente à risquer quelque chose pour lui sauver l'honneur?

BERNARD.

En affaires, il n'y a pas d'amis.

MARIE.

Dites que les malheureux n'en ont pas! Eh bien, lui, il en aura au moins un. Ma ferme est vendue, j'ai quarante mille francs à recevoir...

MADAME BERNARD.

Vous voulez?... Ah! c'est bien, mon enfant!...

BERNARD.

Ce sera une goutte d'eau.

MARIE.

Soit! Les gouttes d'eau font les rivières.

BERNARD.

L'honneur de cette famille vous tient fort au cœur.

MARIE.

Oui, monsieur. Ils m'ont accueillie dans ma détresse, je ne les abandonnerai pas dans leur danger; et si je suis seule à leur venir en aide, moi leur amie d'hier, tant pis pour les autres. A bientôt.

Elle sort.

BERNARD.

Mais, mademoiselle...

MADAME BERNARD.

Laisse-la faire.

SCÈNE VIII.

MADAME BERNARD, BERNARD.

BERNARD.

Pourquoi me dis-tu de la laisser faire?

MADAME BERNARD.

C'est si bon à voir une bonne action! D'ailleurs, celle-là ne lui coûtera rien. M. Fourchambault sera sauvé par un autre qu'elle.

BERNARD, indifférent

Oui? Par qui?

MADAME BERNARD, suppliante.

Par toi.

BERNARD.

Par moi ? Ah ! non, mille fois non ! je n'ai pas deux cent quarante mille francs à jeter par la fenêtre.

MADAME BERNARD.

C'est moi qui te les demande.

BERNARD.

Mais quel intérêt prends-tu à ce bonhomme que tu ne connais pas ?

MADAME BERNARD, avec embarras.

Qu'ai-je besoin de le connaître ? L'affection que lui porte Marie prouve qu'il mérite l'intérêt de tous les honnêtes gens. Serons-nous moins généreux que cette pauvre enfant ?

BERNARD, bourru.

Je ne suis pas amoureux de M. Léopold, moi. D'ailleurs, si je cédais à ta fantaisie, la faillite de Fourchambault ne serait que partie remise : il n'aurait reculé que pour mieux sauter. Avec une femme comme la sienne, dont il est incapable d'arrêter le gaspillage, sa position serait toujours aussi précaire que par le passé, plus même, car elle est désormais percée à jour et il a perdu son crédit.

MADAME BERNARD, pensive.

C'est vrai. Eh bien, il ne faut pas le sauver à demi : il manque une volonté dans cette maison ; il faut en mettre une ; la tienne. Ce n'est plus un prêt que je te demande pour lui, c'est une commandite.

BERNARD.

Que je devienne l'associé de cette ganache ?

MADAME BERNARD.

C'est le seul moyen pour toi d'avoir le droit de parler haut chez lui, et de remettre les choses en ordre.

BERNARD.

Ah ! pour le coup c'est de la folie. De l'argent, passe encore ; mais mon temps, mon travail !... Est-ce que je peux tenir le ménage de ce bonhomme ?

MADAME BERNARD, se levant de toute sa hauteur.

Il le faut, — je le veux, — tu le dois.

BERNARD, après un silence.

C'est mon père.

MADAME BERNARD.

Oui.

BERNARD.

Tu l'aimes donc toujours ?

MADAME BERNARD, très-simplement.

Non, mais c'est le seul homme que j'aie aimé.

BERNARD, tombant à genoux.

Et mon respect a pu hésiter un instant ! Ah ! misérable idiot que j'étais !

MADAME BERNARD.

Quoi donc ? (Comprenant.) Oh !... tu as cru ?...

Elle cache sa figure dans ses mains.

BERNARD, vivement.

Non !

MADAME BERNARD, sévèrement.

Et maintenant, pardonneras-tu à ton père ? Il m'a moins offensée que toi, car il me devait moins de respect!

BERNARD, toujours à genoux.

C'est vrai... je n'ai plus le droit de l'accuser, c'est vrai! je ferai tout ce que tu voudras... je veillerai sur son honneur comme s'il était mon héritage! (Madame Bernard lui tend sa main, qu'il presse sur ses lèvres en se relevant.) Mais je ne lui dirai pas que je suis son fils, n'est-ce pas? Pas même à lui je ne voudrais découvrir ton secret.

MADAME BERNARD.

Ni moi le tien.

Ils s'asseyent à côté l'un de l'autre, se tenant toujours la main.

BERNARD.

Une fois associés, comment l'empêcherai-je de mettre les pieds ici ?

MADAME BERNARD.

N'avons-nous pas chacun notre appartement, notre étage ?

BERNARD.

Il demandera à t'être présenté.

MADAME BERNARD.

Tu lui diras que je ne reçois personne... tu lui feras entendre que je blâme votre association.

BERNARD.

Mais s'il te rencontre par hasard, en venant chez moi ?

MADAME BERNARD.

Il ne me reconnaîtra pas. Tu comprends bien que je m'en étais assurée avant de te laisser établir au Havre. Quand l'accroissement de tes affaires t'y appela, je me suis arrangée pour me rencontrer avec M. Fourchambault.

BERNARD.

Et il ne t'a pas reconnue ?

MADAME BERNARD.

Il ne m'avait pas vue depuis trente ans; j'avais changé de visage comme de nom.

BERNARD.

Et puis il avait bien d'autre soucis en tête! Son riche mariage ne lui a pas réussi! Pauvre homme! Quel intérieur!... entre le dédain de la mère et l'irrévérence des enfants! Ah! qu'il aurait mieux fait de t'épouser!

MADAME BERNARD.

Tu oublies qu'il me croyait coupable.

BERNARD, haussant les épaules.

Allons, allons! il y a mis de la bonne volonté! Comme tant d'autres, il a préféré la morale mondaine à la morale éternelle; il en est puni; je ne lui en veux plus : mais c'est bien fait.

MADAME BERNARD.

Bernard!

BERNARD.

Eh bien! non, ce n'est pas bien fait. — Je vais prendre deux cent mille francs à la banque...

MADAME BERNARD.

Deux cent quarante.

BERNARD.

C'est juste. Il faut qu'il rembourse Marie. — Chère enfant ! Oui, c'est bien ce qu'elle a fait là ! (Embrassant sa mère.) Tiens, je t'adore !

Il sort par le fond.

MADAME BERNARD, debout, les yeux au ciel.

Dieu soit loué !

ACTE TROISIÈME.

Un salon à l'hôtel Fourchambault, au Havre, cheminée au fond, entre deux fenêtres. — Portes latérales dans des pans coupés au fond; porte au premier plan à droite; à gauche au premier plan, une table. — Deux tête-à-tête près de la cheminée; un canapé-borne au milieu du théâtre. — Un fauteuil à droite.

SCÈNE PREMIÈRE.

LÉOPOLD, seul, puis BLANCHE.

LÉOPOLD, son chapeau sur la tête, mettant ses gants. — Il regarde la pendule.

Trois heures!... Est-ce la peine d'aller aux bureaux? oui, pour faire acte de présence et flatter la manie de papa. (Il bâille.) C'est étonnant comme on perd vite l'habitude du Cercle! J'ai pourtant réparé ma nuit : couché à cinq heures du matin, réveillé à deux heures de l'après-midi, mon compte devrait être en balance... mais mauvais sommeil : J'ai rêvé que Maïa épousait son ours marin... J'étais furieux! (Il bâille encore.) Décidément, ce sont des tiraillements d'estomac. Au fait, je n'ai pas déjeuné!... (Il sonne, un domestique paraît sur la porte de gauche.) Apportez-moi du malaga et des biscuits... beaucoup de biscuits...

Le domestique sort.

BLANCHE, entrant par la droite avec sa toilette du deuxième acte, une cravache à la main, enveloppée dans du papier.

Nous voilà.

LÉOPOLD.

Qui, nous?

BLANCHE.

Maman et moi, pardi!... Ne cherche pas maman, elle n'est pas sous mes jupes. Elle est allée tout droit dans son boudoir où son notaire l'attendait pour une communication importante.

Elle s'assied sur la borne.

LÉOPOLD.

Pour le contrat probablement.

BLANCHE.

Probablement... Devine d'où nous venons?

LÉOPOLD.

De chez madame Rastiboulois, sans aucun doute.

BLANCHE.

Non!... Entre le dîner d'hier et le spectacle de ce soir je n'éprouvais pas le besoin de revoir ma belle-mère.

LÉOPOLD.

Maman devait l'éprouver.

BLANCHE.

Un peu, mais je l'ai contenue... non sans peine! Elle est comme une enfant... Elle se croit à la fois baronne et préfète. Si ce mariage manquait, elle en ferait une maladie.

LÉOPOLD.

Il ne peut pas manquer au point où en sont les choses...

Mais si ce n'est pas de la préfecture, d'où venez-vous donc, qu'il faille deviner?

BLANCHE.

De chez madame Bernard.

LÉOPOLD.

Ah! ah! Eh bien? Quelle femme est-ce?

BLANCHE.

Très-distinguée. Tu as perdu ton pari, mon pauvre Léopold, tu me dois une discrétion. J'avais envie d'une cravache et je l'ai achetée en passant. On t'enverra la note.

LÉOPOLD.

Ne mets pas cet objet dans ta corbeille; il pourrait donner à réfléchir à ton futur.

BLANCHE.

Oh! il n'a rien à craindre... s'il ne commence pas.

LE DOMESTIQUE, apportant sur un plateau une bouteille de malaga et des biscuits.

Voilà, monsieur.

BLANCHE.

C'est pour toi? Tu vas *luncher?*

LÉOPOLD, s'asseyant et trempant un biscuit.

Je n'ai pas déjeuné.

BLANCHE.

Tiens? Germain nous avait dit que tu déjeunais en ville.

LÉOPOLD.

Je lui avais commandé ce pieux mensonge, et je m'étais rendormi.

BLANCHE.

Paresseux! Nous n'étions pourtant pas rentrés tard hier.

LÉOPOLD.

Non : mais je ne sais pas si c'est le mauvais champagne du préfet ou le changement de lit...

BLANCHE.

C'est le changement de lit! voilà si longtemps que tu n'avais dormi sur un tapis vert... tu dois être moulu.

LÉOPOLD.

Qu'est-ce à dire?

BLANCHE.

Veux-tu parier que tu as passé la nuit au cercle? Dix louis!

LÉOPOLD.

Et cinquante que j'ai perdus, ça ferait soixante, merci bien.

BLANCHE.

Après tes belles résolutions! Ah! les hommes! Quelles girouettes!

LÉOPOLD.

Apprenez, mademoiselle Sermonette, que j'ai tout simplement fait là une action digne du chevalier Grandisson... dont vous avez peut-être entendu parler.

BLANCHE.

Oui, vaguement, comme d'un imbécile parfait.

LÉOPOLD.

C'est cela même. Eh bien, il paraît que Maïa était légèrement compromise par mes mœurs patriarcales; or, je n'aime pas à compromettre les femmes, moi.

BLANCHE, étourdiment.

Tu aimes mieux les perdre.

LÉOPOLD, de même.

Oui! (Se reprenant.) Qu'est-ce que vous dites donc là, petite fille?

BLANCHE.

Pardon, mon bon monsieur, ça m'est échappé... j'ai cru être plus vieille de huit jours... car dans huit jours, j'aurai le droit de dire un tas de choses que je n'ai pas même le droit de penser aujourd'hui... C'est drôle tout de même!

LÉOPOLD.

Oui, ça fait rire.

BLANCHE.

Pour en revenir à Maïa, je ne verrais pas d'inconvénient à ce qu'elle fût un peu compromise par toi.

LÉOPOLD.

Comment cela?

BLANCHE.

Tiens donc! maman serait bien obligée de consentir à votre mariage.

LÉOPOLD.

Et qui te dit que je veuille l'épouser?

BLANCHE.

Dame! puisque tu en es amoureux.

LÉOPOLD.

Moi ?

BLANCHE.

Oh ! ne joue pas au fin. Je ne suis ni sourde ni myope.

LÉOPOLD.

Je crois, Dieu me pardonne, que vous avez entrepris de me confesser. Trois heures et demie... Je manque à tous mes devoirs, ce qui fait le désespoir de mon père.

MARIE, entrant.

Le désespoir de votre père?

SCÈNE II.

LES MÊMES, MARIE.

BLANCHE, à Marie, montrant son frère.

Oui, madame! c'est le petit Fourchambault qui a passé la nuit à jouer aux cartes.

LÉOPOLD.

Voulez-vous bien vous taire, petite rapporteuse !

MARIE.

Vous riez? vous ne savez donc pas...?

LÉOPOLD.

Où ça conduit? parfaitement!

Déclamant.

Il est trois portes à cet antre,
L'espoir, l'infamie, et la mort :

C'est par la première qu'on entre,
C'est par les deux autres qu'on sort.

Il sort par la droite au fond.

MARIE, à part.

Ils ne savent rien encore. (Haut.) Votre père n'est pas rentré ?

BLANCHE.

Je ne sais pas, je rentre moi-même; mon frère m'a interceptée pour me débiter un tas de sottises : je vais me décoiffer et je reviens.

Elle sort par la porte du premier plan de droite.

SCÈNE III.

MARIE seule, puis FOURCHAMBAULT.

MARIE, seule, à la cheminée.

Cette absence prolongée de M. Fourchambault est de mauvais augure... Pauvres gens!... quelle chute! (Fourchambault entre par la droite au fond. Il traverse la scène en silence et s'assied, accablé, sur la borne. — Allant à lui.) Eh bien? vous n'avez pas trouvé?

FOURCHAMBAULT, relevant la tête.

Quoi?

MARIE.

Ce que vous cherchiez... Je sais le malheur qui vous arrive.

FOURCHAMBAULT.

Le sait-on ici?

MARIE.

Pas encore.

FOURCHAMBAULT.

Je n'ai rien trouvé.

MARIE.

Eh bien, j'ai été plus heureuse que vous : j'ai trouvé quarante mille francs que je vous apporte !

Elle ouvre un petit portefeuille, et y prend des billets de banque.

FOURCHAMBAULT.

Chez qui ?

MARIE, détournant les yeux.

Chez une personne qui m'a défendu de la nommer.

FOURCHAMBAULT.

Mais comment lui donnerai-je un reçu ?

MARIE.

On n'en demande pas. On a confiance en vous.

FOURCHAMBAULT.

Comment la rembourserai-je ?

MARIE.

Tout simplement... par mes mains.

FOURCHAMBAULT, se levant, très-ému.

Remboursez-la tout de suite : ces quarante mille francs ne me sauveraient pas... ils lui seront plus utiles qu'à moi, car elle est trop généreuse pour ne pas être pauvre. (Lui prenant les mains.) Merci, chère enfant, vous m'avez fait du bien. Gardez votre petite fortune, je n'en ai pas besoin. Je vais finir par où j'aurais peut-être dû commencer : je m'adresserai à madame Fourchambault.

MARIE.

Comment?

FOURCHAMBAULT.

Elle est riche, elle! Mais je n'ai pas droit de toucher à sa fortune sans son consentement, et elle me le vendra si cher que je ne me résous à cette pénible extrémité qu'en désespoir de cause. C'est pourtant bien elle qui m'a réduit à la position où je me trouve... Ah! je n'ai pas été heureux.

MARIE.

C'est un peu votre faute, mon pauvre ami.

FOURCHAMBAULT.

Je le sais bien. Ma femme n'est pas méchante au fond. Un autre en aurait eu raison. Elle n'est devenue intraitable que par ma faiblesse. Que voulez-vous? Je ne sais pas faire de la peine aux gens... et puis j'ai horreur de la lutte... Tenez, j'ai la main moite rien qu'à l'idée d'aborder ma femme.

MARIE.

Du courage. Elle ne peut pas refuser.

FOURCHAMBAULT.

La voici.

SCÈNE IV

LES MÊMES, MADAME FOURCHAMBAULT, par la porte du premier plan.

MADAME FOURCHAMBAULT.

Eh bien, monsieur! avais-je assez raison quand je vous pressais de céder votre maison à Léopold! Restez, Marie. Nous n'en serions pas là si vous m'aviez écoutée...

FOURCHAMBAULT.

Comment Léopold aurait-il échappé plus que moi?...

MADAME FOURCHAMBAULT.

Passons, j'aurais trop beau jeu contre vous, et ce n'est pas mon genre de frapper les gens à terre. Je ne vous ferai qu'un reproche; c'est de ne vous être pas adressé à moi au lieu de vous adresser à des étrangers, au lieu de mettre toute la ville dans la confidence de notre déplorable situation, au lieu de me faire aux yeux du public le rôle d'une femme sans tète et sans cœur, dont vous n'attendiez ni conseil ni appui. Voilà ce que je ne vous pardonne pas.

MARIE, bas, à Fourchambault.

Que vous disais-je?

FOURCHAMBAULT, à sa femme.

J'ai eu tort, je le reconnais. Mais Maïa est témoin que j'allais de ce pas te demander l'assistance que tu viens si généreusement m'offrir.

MADAME FOURCHAMBAULT.

Moi? je ne vous offre rien du tout! ce matin, oui; mais maintenant, à quoi bon? Quand vos révélations ont discrédité la maison Fourchambault? Elle ne vaut plus le prix de son salut, comme disait tout à l'heure mon notaire, et tout ce que j'ai y passerait sans la relever.

FOURCHAMBAULT.

Tu veux donc que je fasse faillite?... j'en mourrai de honte.

MADAME FOURCHAMBAULT.

Si vous croyez que je n'en suis pas plus honteuse que vous! Une faillite si médiocre, si piteuse!... enfin! Il ne nous reste plus à sauver que l'avenir de nos enfants...

MARIE, timidement.

Et l'honneur?

MADAME FOURCHAMBAULT.

Il n'est pas en cause. M. Fourchambault succombe sous un cas de force majeure, comme dit mon notaire.

MARIE.

Mais si vous restez riche auprès de sa dette, ce n'est pas sa faillite qui le déshonorera, c'est votre fortune.

MADAME FOURCHAMBAULT.

Vous êtes une sauvage, ma chère. En Europe, cela se passe tous les jours ainsi, et faire autrement serait un pur don-quichottisme dont personne ne me saurait gré.

MARIE.

Que votre mari... et ses créanciers. Eh bien, madame, je suis peut-être une sauvage en effet, mais je vous jure que l'homme dont je porterais le nom, ne courberait pas la tête tant qu'il serait en mon pouvoir de la lui tenir droite.

MADAME FOURCHAMBAULT, sèchement.

Les conseilleurs ne sont pas les payeurs.

FOURCHAMBAULT.

Elle m'a offert tout ce qu'elle possède.

MARIE.

Et je vous l'offre encore.

MADAME FOURCHAMBAULT, à part.

Voudrait-elle se faire épouser? (Haut.) C'est très-beau, mademoiselle, mais je suis mère avant tout; c'est la dot de mes enfants qu'on me demande : je la refuse.

SCÈNE V.

LES MÊMES, LÉOPOLD, qui est entré sur les derniers mots de sa mère.

LÉOPOLD, très-vivement.

Refuse celle de ma sœur, mais donne la mienne, je t'en conjure.

MADAME FOURCHAMBAULT.

A l'autre maintenant! j'avais bien besoin de ce nouvel assaut!

LÉOPOLD.

Toi seule peut nous sauver, et je ne comprends pas que tu hésites...

MADAME FOURCHAMBAULT.

A jeter ce qui nous reste dans le gouffre ouvert par ton père ?

LÉOPOLD.

Ne l'accuse pas.

MADAME FOURCHAMBAULT.

Et qui donc accuserai-je ? Après avoir manqué d'audace toute sa vie, il vient de manquer de prudence... Timide et téméraire à la fois, c'est complet.

LÉOPOLD, *avec force.*

Ce que tu appelles sa témérité est une confiance qu'il a partagée avec tous les négociants du Havre ; ce que tu appelles sa timidité, moi je l'appelle sa probité, le soin de notre honneur, et je l'en remercie du fond du cœur. — Relève la tête, cher père, tes enfants sont avec toi.

FOURCHAMBAULT.

Mon fils !

MARIE.

Bien, Léopold.

MADAME FOURCHAMBAULT.

Si nous nous attendrissons, tout est perdu. Il ne faut pas de sentiment dans les affaires, comme dit mon notaire. Soyez tous contre moi si vous voulez, j'aurai de la tête pour tout le monde ici, puisque je suis seule à en avoir. Vous me remercierez un jour.

LÉOPOLD.

Mais, maman...

MADAME FOURCHAMBAULT.

C'est mon dernier mot.

LE DOMESTIQUE, annonçant.

M. Bernard.

LÉOPOLD.

Une visite maintenant!

SCÈNE VI.

LES MÊMES, BERNARD, qui s'arrête sur la porte, très-ému.

LÉOPOLD, allant à lui.

Pardon, monsieur, mais vous tombez au milieu d'une discussion de famille.

BERNARD, lentement.

Je ne suis pas de trop. (A Fourchambault.) J'apprends, monsieur, que vous manquez de deux cent quarante mille francs: je vous les apporte.

FOURCHAMBAULT.

Quoi, monsieur!...

MADAME FOURCHAMBAULT, à part.

Quelle chance!...

LÉOPOLD, à part.

Voilà le dernier homme dont je voulusse être l'obligé.

FOURCHAMBAULT, à Bernard.

Quand les personnes sur qui j'avais le plus droit de

compter m'abandonnent, c'est vous, monsieur, vous, qui ne me devez rien... Que Dieu vous bénisse ! vous me sauvez la vie.

LÉOPOLD.

La vie ?

FOURCHAMBAULT.

Crois-tu donc que j'aurais survécu à mon déshonneur ?

BERNARD, à part.

Allons, c'est un homme de cœur !

FOURCHAMBAULT.

Que de reconnaissance, monsieur !...

BERNARD, froidement.

Il ne saurait être ici question de reconnaissance ; ce n'est pas tant un service que je viens vous rendre qu'une affaire que je viens vous proposer.

LÉOPOLD, à part.

J'aime mieux ça.

FOURCHAMBAULT, s'asseyant sur le fauteuil à gauche, et invitant du geste Bernard à s'asseoir aussi.

Vous n'en êtes pas moins mon sauveur.

BERNARD, s'asseyant sur la borne, en face de Fourchambault.

Je fais donc d'une pierre deux coups : j'en suis bien aise. Voici la chose : je crois que la maison Fourchambault peut encore se relever, et je vous offre de devenir non pas votre créancier, mais votre associé commanditaire. Cela vous va-t-il ?

FOURCHAMBAULT.

Si cela me va ! votre argent n'est rien auprès de votre

coopération ! Votre nom seul suffirait à rétablir mon crédit, et votre énergie, votre expérience...

BERNARD.

Bon, bon !... Affaire conclue alors ?

FOURCHAMBAULT.

Tope !

Il lui tend sa main. Bernard y met la sienne après une hésitation.

BERNARD, se levant.

Voilà qui vaut fait. La poignée de main de deux honnêtes gens avant leur signature, c'est l'ondoiement avant le baptême. Vous me présenterez aujourd'hui même dans vos bureaux à titre d'associé.

MADAME FOURCHAMBAULT.

Permettez d'abord à toute la famille de joindre ses remerciements bien sincères à ceux de son chef.

LÉOPOLD, froidement.

J'espère, monsieur, que l'affaire sera aussi bonne pour vous que pour nous.

BERNARD, de même.

C'est dans cet espoir que je la fais. — Ça, monsieur Fourchambault, passons dans votre cabinet, nous avons à causer sérieusement.

FOURCHAMBAULT, passant devant lui.

Je vous montre le chemin.

BERNARD, à Marie qui lui serre la main au passage.

Vous êtes contente ?

MARIE.

Oh ! oui ?

Bernard et Fourchambault sortent par la gauche.

SCÈNE VII.

MADAME FOURCHAMBAULT,
LÉOPOLD, MARIE.

MADAME FOURCHAMBAULT.

Quel bonheur inespéré !

MARIE.

Et quel malheur nous avons côtoyé sans nous en douter ! Quand je pense à la funeste résolution de M. Fourchambault...

MADAME FOURCHAMBAULT.

Est-ce que je l'aurais laissé en venir là ! Pauvre vieil ami ! J'avais usé toute mon énergie dans ce cruel refus. Enfin ! tout est bien qui finit bien... Ah ! mais non ! tout n'est pas fini !

LÉOPOLD.

Quoi encore?

MADAME FOURCHAMBAULT.

Et le mariage de ta sœur ?

LÉOPOLD.

Eh bien ? as-tu peur qu'il ne manque ?

MADAME FOURCHAMBAULT.

Bédame ! la situation de la maison Fourchambault est furieusement diminuée !

LÉOPOLD.

Elle se relèvera.

MADAME FOURCHAMBAULT.

Je l'espère; mais entre une maison à relever et une maison en pleine prospérité comme la maison Duhamel...

LÉOPOLD.

Le baron est trop glorieux pour rompre sur une question d'argent.

MARIE, finement.

Madame veut dire, je crois, qu'il y aurait quelque indélicatesse à ne pas lui rendre sa parole.

MADAME FOURCHAMBAULT.

Moi? je ne veux pas dire cela du tout!

LÉOPOLD.

Eh bien, tu as tort... parce que c'est parfaitement juste. Nous la lui rendrons, sa parole.

MADAME FOURCHAMBAULT.

Et s'il accepte?

LÉOPOLD.

Il se couvrira de honte, voilà tout.

MADAME FOURCHAMBAULT.

Voilà tout! Et Blanche?

MARIE.

Je ne crois pas qu'elle regrette beaucoup ce fiancé-là.

MADAME FOURCHAMBAULT.

Ce n'est pas la question : les bans sont publiés, les invitations lancées pour la soirée de contrat, le trousseau marqué d'une couronne...

LÉOPOLD.

On le démarquera, que veux-tu!

MADAME FOURCHAMBAULT.

Le public fera de nous des gorges chaudes.

LÉOPOLD.

Laisse donc! il aimera bien mieux dauber le préfet!... Tu sais, en France!... mais quand même, d'ailleurs? Conduisons-nous en gens comme il faut, arrive que pourra... Il faudrait que mon père allât à la préfecture et plus tôt que plus tard...

GERMAIN, annonce.

M. le baron Rastiboulois.

LÉOPOLD.

Lui!

MADAME FOURCHAMBAULT.

Déjà!

SCÈNE VIII.

LES MÊMES, RASTIBOULOIS.

RASTIBOULOIS.

Eh bien, mes pauvres amis? Qu'est-ce que j'apprends?. . Peut-on parler devant mademoiselle?

LÉOPOLD.

Elle est de la famille.

RASTIBOULOIS, à part.

On le dit beaucoup... (Haut.) Croyez bien que personne ne prend plus de part que moi au malheur qui vous frappe... je devrais dire qui nous frappe, car mon pauvre fils est au désespoir... il aimait tant mademoiselle Blanche!

LÉOPOLD.

Il l'aimait tant... qu'il ne l'aime plus?

RASTIBOULOIS.

Je ne dis pas cela... mais vous comprenez...

LÉOPOLD.

Nous comprenons si bien, que mon père se disposait à vous aller rendre votre parole; je regrette que vous nous ayez prévenus.

RASTIBOULOIS.

Je n'attendais pas moins de votre délicatesse.

LÉOPOLD.

Mais nous pouvions attendre mieux de votre courtoisie.

RASTIBOULOIS.

Permettez!...

MADAME FOURCHAMBAULT.

En un mot, c'est une rupture.

RASTIBOULOIS.

Hélas! madame, comme père, comme magistrat, comme gentilhomme...

MADAME FOURCHAMBAULT.

Je vous croyais au-dessus des questions d'argent, monsieur.

RASTIBOULOIS, *avec éclat.*

Il s'agit bien d'argent! votre ruine raffermirait plutôt mes résolutions; je ne voyais qu'un point noir dans votre alliance, c'était la disproportion de nos fortunes: je l'ai dit à qui voulait l'entendre, je l'ai crié sur les toits! Que dirait maintenant le Havre, que dirait la France si Rastiboulois reculait comme un croquant devant une question de gros sous? Non, non, madame, s'il recule c'est uniquement devant la faillite.

MADAME FOURCHAMBAULT.

Quelle faillite?

RASTIBOULOIS.

Celle de M. Fourchambault apparemment.

LÉOPOLD.

Mais, monsieur, il n'en est pas question.

RASTIBOULOIS, *consterné.*

Hein? Monsieur votre père n'est pas à la veille de suspendre ses paiements?

MADAME FOURCHAMBAULT.

Qui vous a dit cela?

RASTIBOULOIS.

Mais... votre notaire, madame, qui est aussi le mien.

MADAME FOURCHAMBAULT.

Nous paierons demain à bureaux ouverts.

RASTIBOULOIS.

Ah! j'en suis charmé... charmé... charmé...

MARIE, à part.

Cela se voit de reste.

RASTIBOULOIS.

Vous faites là, madame, un noble et gros sacrifice... gros, gros!

MADAME FOURCHAMBAULT.

Mais je n'en fais aucun.

RASTIBOULOIS, stupéfait.

Ce n'est pas vous qui payez le déficit? Qui donc alors?

LÉOPOLD.

M. Bernard.

RASTIBOULOIS.

M. Bernard!...

LÉOPOLD.

Qui devient l'associé de mon père.

RASTIBOULOIS, épanoui.

Qui devient l'associé... Ah! c'est bien différent... que ne le disiez vous tout de suite? C'est un retour de fortune qui vous était bien dû, mes chers amis... Palsembleu! voilà une nouvelle qui rabattra le caquet des Duhamel! Je n'en suis pas fâché, car ils n'ont pas été bien pour vous dans cette circonstance, je puis vous l'avouer. Ils se croyaient déjà maîtres de la place! Ah! ah! ah! je vois d'ici leur nez quand ils apprendront que M. Bernard est votre associé... (Froidement.) dans quelles conditions?

MADAME FOURCHAMBAULT.

Associé commanditaire.

RASTIBOULOIS.

Ah! diable!... De combien est la commandite?

MADAME FOURCHAMBAULT.

De deux cent quarante mille francs.

RASTIBOULOIS.

Pas davantage? Vous savez que le commanditaire n'est pas tenu au delà de son versement?

LÉOPOLD.

C'est pourquoi nous vous rendons votre parole pour la seconde fois.

RASTIBOULOIS.

Avouez, monsieur, que tout autre à ma place se croirait bien en droit de la reprendre.

MARIE.

Mais que dirait le Havre? que dirait la France?

RASTIBOULOIS, sèchement.

Permettez, mademoiselle, vous avez beau être de la famille... (A part.) Tiens! que je suis bête! C'est elle qui me tirera d'affaire; et glorieusement encore! (Haut.) La France dira, belle rieuse, que Rastiboulois est fidèle à sa devise: un cœur, une parole... Je vous les ai donnés tous les deux, madame; je ne reprends ni l'un ni l'autre.

MADAME FOURCHAMBAULT.

Ah! baron, je vous retrouve!

RASTIBOULOIS.

Sur le chemin de l'honneur... toujours!

MARIE, à part.

Trop de panache.

RASTIBOULOIS, hypocritement.

Je ne puis vous dire, mes bons amis, mes chers alliés, combien je suis heureux du résultat de cette conversation. Dites-moi, j'aurais aimé à me jeter dans les bras de cet excellent Fourchambault.

MADAME FOURCHAMBAULT.

Il est en conférence avec son associé.

RASTIBOULOIS.

Ne le dérangeons pas. Je me dédommagerai ce soir... car vous n'oubliez pas que je vous mène tous au théâtre.

MADAME FOURCHAMBAULT.

Nous n'avons garde.

RASTIBOULOIS.

J'espère que mademoiselle Letellier me fera le plaisir d'être des nôtres ?

MARIE, froidement.

Vous êtes trop bon, monsieur.

RASTIBOULOIS.

Je ne suis pas bon du tout... Simple manie d'horticulteur qui collectionne les roses.

MADAME FOURCHAMBAULT, minaudant.

De grâce, baron !

LÉOPOLD, à part.

Toujours folâtre.

RASTIBOULOIS, saluant.

Madame !... A ce soir donc, mademoiselle.

MARIE.

Je vous remercie, monsieur.

RASTIBOULOIS.

Non... c'est moi qui suis votre obligé... (A part.) Oh! oui, c'est moi!

Il sort.

SCÈNE IX.

MADAME FOURCHAMBAULT, LÉOPOLD, MARIE.

LÉOPOLD.

Je regrette que le trousseau soit marqué.

MARIE.

Pauvre petite! c'est bien la peine de valoir ce qu'elle vaut, pour être ainsi marchandée.

MADAME FOURCHAMBAULT.

Nous sommes en Europe, ma chère.

MARIE.

Ah! le vilain Européen que votre baron! S'il croit que je me rendrai à son invitation!

MADAME FOURCHAMBAULT.

Pourquoi l'avez-vous acceptée?

MARIE.

C'était plus tôt fait; mais vous m'excuserez auprès de lui, madame.

MADAME FOURCHAMBAULT.

Comme vous voudrez.

LÉOPOLD.

Ma foi, tu m'excuseras aussi.

MADAME FOURCHAMBAULT.

Toi, c'est impossible.

LÉOPOLD.

C'est que je n'ai pas fermé l'œil de la nuit.

MADAME FOURCHAMBAULT.

Ni moi non plus et cela ne m'empêche pas... (A part.) Il veut rester seul avec elle ! (Haut.) Écoute : fais-moi le plaisir de paraître dans la loge, ne fût-ce qu'un quart d'heure.

LÉOPOLD.

Va pour un quart d'heure.

SCÈNE X.

LES MÊMES, BERNARD, FOURCHAMBAULT.

FOURCHAMBAULT.

Nous voici... (A Léopold et à Marie.) Mes enfants, nous avons à tenir conseil avec madame Fourchambault.

LÉOPOLD.

Et M. Bernard trouve que je suis trop jeune ?

BERNARD.

Oh ! mon Dieu, restez si vous voulez.

LÉOPOLD.

Oh ! mon Dieu !... j'aime autant m'en aller. (Offrant la main à Marie.) Heureux, mademoiselle, d'être chassé avec vous de ce... paradis.

Bernard hausse les épaules.

MARIE, souriant.

Un paradis... sans pomme !

LÉOPOLD.

Malheureusement !

MADAME FOURCHAMBAULT, à part.

Hum ! petit serpent !

Léopold sort avec Marie.

SCÈNE XI.

FOURCHAMBAULT,
BERNARD, MADAME FOURCHAMBAULT.

FOURCHAMBAULT.

Parlez, monsieur Bernard.

BERNARD.

A vous la parole, monsieur.

FOURCHAMBAULT.

Non, non ; à vous.

BERNARD.

Soit... Nous venons d'examiner la situation à fond, madame, et nous sommes tombés d'accord que la première mesure à prendre pour relever la maison c'est de réformer votre train.

MADAME FOURCHAMBAULT, à son mari.

Comment, monsieur ! Réformer mon train ?

FOURCHAMBAULT.

Oui, mignonne, M. Bernard pense que quelques réductions...

BERNARD.

En un mot, vous dépensez cent vingt mille francs par an, et nous estimons qu'avec quarante mille vous pouvez tenir votre maison sur un pied très-honorable.

MADAME FOURCHAMBAULT.

Avec quarante mille !... Vous me donnerez votre recette, monsieur.

BERNARD.

Très-volontiers, madame ; elle est fort simple : vous avez six chevaux, dix domestiques, hôtel au Havre, villa à Ingouville...

MADAME FOURCHAMBAULT, jetant un trousseau de clefs sur la table.

Voilà mes clefs, monsieur ! c'est plus simple encore.

FOURCHAMBAULT.

Là, là ! ne te fâche pas...

MADAME FOURCHAMBAULT.

S'il faut subir l'ingérence d'un étranger dans nos détails de ménage !...

FOURCHAMBAULT.

M. Bernard n'est pas un étranger, il est mon associé, il défend nos intérêts communs, c'est son droit.

MADAME FOURCHAMBAULT.

Eh bien, et moi? N'ai-je pas mes droits aussi? Ne vous ai-je pas apporté huit cent mille francs? Trouvez-vous juste de réduire votre dépense à quarante mille, c'est-à-dire au revenu de ma dot? Trouvez-vous digne de vivre ainsi à mes... à mes crochets! Tant pis, c'est le mot.

BERNARD.

Oh! pardon, madame! J'ai autant et peut-être plus souci que vous de la dignité de votre mari. Faisons une fois pour toutes le compte de cette fameuse dot, qui est, paraît-il, votre cheval de bataille : vous menez un train de cent vingt mille francs dont M. Fourchambault n'a ni le besoin, ni le goût, j'en suis certain.

FOURCHAMBAULT.

Oh! non.

MADAME FOURCHAMBAULT, entre ses dents.

Lâche!

BERNARD.

Sur ces cent vingt mille francs, vous en apportez quarante, c'est donc quatre-vingt mille francs par an que vous coûtez à votre mari; or voilà trente ans environ que cela dure; supputez vous-même combien de fois vous avez mangé votre dot et n'en parlons plus.

MADAME FOURCHAMBAULT, allant à son mari.

Que dit-il?

FOURCHAMBAULT.

Juste trois fois, ma bonne amie.

MADAME FOURCHAMBAULT, abasourdie.

Ah!

BERNARD.

M. Fourchambault vous présentera un budget dont nous avons arrêté les bases ensemble, et sur lequel nous sommes prêts à entendre vos observations.

MADAME FOURCHAMBAULT.

Je n'en ferai pas, monsieur.

BERNARD.

Cela vaudra mieux... Maintenant, monsieur, portons des fonds à notre caissier pour les échéances de demain... Je suis votre serviteur, madame.

Il ouvre la porte du fond à droite et attend Fourchambault.

FOURCHAMBAULT.

A tantôt, mignonne. (A part.) Pauvre petite chatte!

Ils sortent.

MADAME FOURCHAMBAULT, seule, avec colère.

Ce Bernard! Quel manant! quel brutal! quel... (Avec sentiment.) Voilà le mari qu'il m'aurait fallu!

ACTE QUATRIÈME.

A Ingouville. — Même décor qu'au premier acte.

SCÈNE PREMIÈRE.

UN DOMESTIQUE, MADAME FOURCHAMBAULT,

en robe de laine, assise près de la table à droite. Elle a des papiers à la main.

MADAME FOURCHAMBAULT, elle sonne, le domestique entre.

M. Léopold est sorti à cheval avec mademoiselle Blanche et mademoiselle Letellier; vous m'avertirez quand ils rentreront.

LE DOMESTIQUE.

Bien, madame.

Il sort.

MADAME FOURCHAMBAULT.

Pauvres enfants! c'est leur dernière cavalcade.

SCÈNE II.

MADAME FOURCHAMBAULT, FOURCHAMBAULT.

FOURCHAMBAULT, par la droite.

Eh bien, ma chère, es-tu contente de ton ministre des finances ? Approuves-tu mon budget ?

MADAME FOURCHAMBAULT, se levant.

Pas le moins du monde.

FOURCHAMBAULT.

Allons, bon ! Hier soir, dans sa loge, le préfet semblait t'avoir si bien convertie aux réformes de Bernard ! Je n'ai pourtant retranché que le strict superflu.

MADAME FOURCHAMBAULT.

C'est justement ce que je reproche à votre projet. Vous ne saurez jamais rien faire qu'à demi. Le préfet a dit hier un mot très-profond qui ne vous a pas assez frappé : c'est qu'il n'y a pour une maison de crédit que deux moyens de jeter de la poudre aux yeux : la prodigalité ou la parcimonie.

FOURCHAMBAULT.

Très-profond, en effet ; mais j'ai voulu te ménager la transition.

MADAME FOURCHAMBAULT.

Pas de transition ! Autre mot du préfet, non moins profond : Vous étiez la mère des Grâces, m'a-t-il dit, devenez la mère des Gracques.

FOURCHAMBAULT.

Je ne comprends pas.

MADAME FOURCHAMBAULT.

C'est pourtant assez clair : après avoir été la reine de la mode, je veux effacer l'éclat de mon règne par l'éclat de mon abdication ! Je veux qu'en me voyant passer dans la rue, à pied, vêtue d'un lainage foncé, on dise : Voilà celle qui ne veut plus d'autres bijoux que ses enfants.

FOURCHAMBAULT.

Ah ! je comprends !

MADAME FOURCHAMBAULT, lui donnant les papiers qu'elle tenait.

C'est bien heureux. Vous pouvez donc rayer de votre budget, frais de toilette, cocher, voitures...

FOURCHAMBAULT.

Il ne faudrait pourtant pas exagérer. Gardons au moins une voiture et un cheval.

MADAME FOURCHAMBAULT.

Non, non ! Pas de demi-train, pas de demi-luxe ! Rien de bourgeois ! Nous sommes assez nobles par nos alliances pour ne pas rougir d'une simplicité aristocratique.

FOURCHAMBAULT.

Mais une voiture pour un banquier, c'est une économie de temps.

MADAME FOURCHAMBAULT.

Comme pour un médecin. Eh bien, je ne me soucie pas d'un carrosse professionnel. Vous prendrez des fiacres.

FOURCHAMBAULT.

Mais, mignonne...

MADAME FOURCHAMBAULT.

C'est vous, maintenant, qui regimbez aux réformes! je le dirai à M. Bernard.

FOURCHAMBAULT.

Je prendrai des fiacres.

MADAME FOURCHAMBAULT.

Ne manquez pas de donner congé de cette villa aujourd'hui même. Vous savez que demain serait trop tard, d'après notre bail.

FOURCHAMBAULT.

Oui... il y aurait tacite reconduction. Je vais écrire au propriétaire.

MADAME FOURCHAMBAULT.

Quant à l'hôtel du Havre, nous avons la faculté de sous-louer...

FOURCHAMBAULT.

Mais je ne veux pas que tu te prives de tout.

MADAME FOURCHAMBAULT.

Les privations sont désormais mon luxe, mon cachet. Je veux qu'on grave sur ma tombe : elle resta chez elle, et porta de la laine.

FOURCHAMBAULT.

Ta tombe, ma mignonne! nous en sommes bien loin.

MADAME FOURCHAMBAULT.

Qui sait? La lame usera vite le fourreau, je le sens.

FOURCHAMBAULT.

Ne dis pas de ces choses-là!

SCÈNE III.

LES MÊMES, BLANCHE, entre par le fond en amazone, un sac de toile en bandoulière.

MADAME FOURCHAMBAULT.

Eh bien, tu reviens seule ? Et Léopold? et Maïa ?

BLANCHE, s'asseyant à gauche de la table.

Je les ai joliment distancés ! Il est vrai que je montais Roland.

FOURCHAMBAULT, montrant le sac de toile.

Qu'est-ce que cette besace ?

BLANCHE.

C'est mon sac à papiers... nous venons de faire à nous trois un *rally papers*... Dieu ! que c'est amusant !

FOURCHAMBAULT.

Un *rally papers*?... Qu'est-ce que c'est que ça ?

BLANCHE, posant sa cravache sur la table. — A sa mère :

Faut-il lui dire ?

MADAME FOURCHAMBAULT.

Peuh !

BLANCHE, à Fourchambault.

C'est une espèce de chasse à courre. Un des cavaliers est le cerf : on lui donne cinq minutes d'avance ; il a un sac plein de papiers qu'il sème en courant; c'est sa piste. Il s'agit pour lui de mettre la meute en défaut, comprends-tu ? J'étais le cerf, je les ai dépistés, distancés, perdus... Ils me cherchent par monts et par vaux...

SCÈNE IV.

LES MÊMES, MARIE, en costume de ville, entrant par la gauche.

BLANCHE, se levant.

Comment ? vous voilà ? et déjà changée ?

MARIE.

J'avais perdu la piste, j'ai renoncé, et je suis rentrée par le plus court.

FOURCHAMBAULT.

Et Léopold ?

MARIE.

Je l'ai laissé en discussion avec son cheval au bord d'un fossé ; je ne sais pas s'ils seront tombés d'accord.

BLANCHE.

Et moi qui me croyais poursuivie ! je n'étais pas même suivie... C'est amusant !

MADAME FOURCHAMBAULT.

Elle est en nage ! cela n'a pas de bon sens. Viens vite te changer.

Elle mène Blanche vers la porte de gauche.

BLANCHE.

Ne te dérange pas.

FOURCHAMBAULT.

Elle sonnera Justine.

MADAME FOURCHAMBAULT.

Confier mon enfant à des mains mercenaires ?

FOURCHAMBAULT, à part.

Cornélie, va !

MADAME FOURCHAMBAULT, à Blanche.

Allons vite. Ne te refroidis pas. (A son mari.) N'oubliez pas la lettre au propriétaire.

FOURCHAMBAULT, se dirigeant vers la droite.

Tout de suite ! (Madame Fourchambault et Blanche sortent par la gauche. — A part.) Pose pour pose, j'aime mieux celle-là ; elle coûte moins cher.

Il envoie un baiser à Marie, qui est restée à la porte du fond, et il sort par la droite.

SCÈNE V.

MARIE, seule, puis LÉOPOLD.

MARIE, suivant Fourchambault des yeux.

Bonne et douce créature ! Que je suis heureuse d'être pour quelque chose dans son salut, et que je sais bon gré à M. Bernard... c'est un vrai cœur, celui-là !... (A Léopold qui entre par le fond.) Enfin !

LÉOPOLD.

Je suis furieux !

MARIE.

Contre votre cheval?

LÉOPOLD.

Non, contre vous!

MARIE.

Quel est mon crime?

LÉOPOLD.

Profiter de ma situation pour filer au triple galop en me faisant un pied de nez... vous trouvez ça gentil?

MARIE.

Le pied de nez était de trop, je l'avoue; mais franchement, vous étiez si drôle!

LÉOPOLD.

Vous voilà bien fière, parce que votre bête a sauté sans se faire prier! Un cheval qui refuse, cela se voit tous les jours.

MARIE.

Oui, mais ce qui ne se voit pas tous les jours, c'est un fossé coupant en deux une déclaration d'amour; c'est le cavalier achevant ses tendres aveux par des *hop-là! hop-là donc!* tandis que l'amazone le regarde en riant de l'autre côté... ça c'est si drôle, vous en conviendrez, que votre malheureuse déclaration ne sortira plus de ce fossé-là.

LÉOPOLD.

Et si elle essayait d'en sortir?

MARIE.

J'ai une formule magique pour l'y faire rentrer.

LÉOPOLD.

Ma position était légèrement ridicule, je suis obligé de le reconnaître; mais mes sentiments pour vous ne le sont pas, parce qu'ils sont sincères. Vous n'étiez pas ici depuis trois jours que votre charme me pénétrait; et aujourd'hui...

MARIE.

Hop-là! hop!... continuez.

LÉOPOLD.

Non, il n'y a pas moyen.

MARIE.

Dans le fossé! que vous disais-je?

LÉOPOLD.

Je vous déteste!

MARIE, s'asseyant près de la table.

Ceci n'est pas plus vrai que ce qui précède!

LÉOPOLD.

C'est-à-dire que vous me croyez incapable d'un sentiment sérieux dans un sens ou dans l'autre?

MARIE.

Oui, mon petit Léopold!

LÉOPOLD.

Et si j'arrivais à vous convaincre un jour?

MARIE.

Oh! ce jour-là je ne rirais plus.

LÉOPOLD.

Quelles preuves vous faut-il donc de ma tendresse, si toutes celles que je vous ai déjà données ..

MARIE.

Et lesquelles, ô mon Dieu!

LÉOPOLD.

Mais... vous m'avez métamorphosé, tout simplement. Ce que n'avaient pu obtenir les remontrances de ma famille, un seul regard de vous l'a opéré. Si vous saviez quel garnement j'étais avant de vous connaître, vous seriez bien fière de votre pouvoir!... il n'y a pas de quoi, pensez-vous? Pardon! si médiocre que soit la créature, c'est énorme d'avoir créé, et j'ose dire que je suis votre création. Vous avez fait de moi un nouvel homme.

MARIE.

En tout cas, ce serait un fier service que je vous aurais rendu!

LÉOPOLD, s'asseyant près d'elle

Un service qui sera mon malheur éternel, si vous ne voulez pas m'aimer... O chère Maïa! ne méprisez pas votre œuvre... achevez-la.... vous le pouvez d'un mot. .

MARIE.

C'est donc sérieux?

LÉOPOLD.

Très-sérieux!

MARIE.

Mais, mon pauvre ami, vous êtes fou! Que dirait votre mère, si elle vous entendait?

LÉOPOLD.

Elle ne m'entend pas, et ne m'entendra jamais! je cacherais mon bonheur à elle comme au monde entier!... (Mouvement de Marie qui écoute ce qui suit les yeux baissés et fronçant les sourcils.) Oh! Maïa! quelle félicité que cette union mystérieuse et libre! Passer, couple invisible, à travers les préjugés et les conventions mondaines; être tout l'un pour l'autre à l'insu des indifférents... quel rêve! Dites le mot que j'implore, ma bien-aimée, et ma vie est à vous!

Il s'agenouille.

MARIE se lève brusquement et d'une voix irritée :

Debout! (Léopold se relève; elle le regarde un instant et levant les épaules :) Êtes-vous bête, mon pauvre Léopold! Nous étions si bons amis!

LÉOPOLD.

Chut!... mon père!

SCÈNE VI.

LES MÊMES, FOURCHAMBAULT, une lettre à la main.

FOURCHAMBAULT.

Te voilà? Tant mieux! tu vas monter à cheval.

LÉOPOLD.

J'en descends.

FOURCHAMBAULT.

Remonte-s-y. Mission de confiance. Porte cette lettre au Havre, remets-la en mains propres, et demande une réponse.

LÉOPOLD.

Oui, papa! (A part.) Elle a fait la grimace, mais ça a passé.

Il sort par le fond.

MARIE, à part.

Ça devait finir ainsi!

FOURCHAMBAULT, se frottant les mains.

Des réformes, ma chère Maïa! des réformes! Ma femme est plus enragée que moi pour les économies; Bernard n'a eu qu'à parler. Ah! quel homme, ma chère! quel homme!

MARIE.

Je serai heureuse de vous laisser sous sa protection; je partirai tranquille.

FOURCHAMBAULT.

Vous songez à nous quitter?

MARIE.

Il le faut, et le plus tôt sera le mieux.

FOURCHAMBAULT.

Parce que nous faisons des économies?

MARIE.

Non, mon ami, mais il faut bien que je songe à mon avenir.

Bernard paraît au fond.

SCÈNE VII.

LES MÊMES, BERNARD.

FOURCHAMBAULT, sans voir Bernard.

C'est à nous d'y songer; nous vous trouverons une position.

BERNARD, *s'avançant, à Fourchambault.*

C'est fait! (*A Marie.*) Elle est trouvée!

MARIE, *se levant.*

Ah! merci! cela ne pouvait arriver plus à propos.

FOURCHAMBAULT.

Ingrate!

MARIE.

Non, pas ingrate, mais raisonnable et résolue.

BERNARD.

Mais il faut quitter la France pour l'Angleterre.

MARIE, *surprise.*

Ah!... vous trouvez cela acceptable?

BERNARD.

Je ne vous en parlerais même pas, si je n'étais sûr que je vous confie à une famille exceptionnellement bonne et honorable. Je ne me suis pas borné à des renseignements, je me suis assuré des choses par moi-même. Voilà huit jours que je suis en relations avec sir John Sunter...

FOURCHAMBAULT.

Le propriétaire du yacht?

BERNARD, *souriant.*

Le propriétaire du yacht, c'est moi.

FOURCHAMBAULT.

Vous achetez des yachts, vous? comme ma femme? A quoi diable cela vous servira-t-il?

BERNARD.

Cela m'a déjà servi à faire la connaissance de sir John Sunter.

MARIE.

Que vous êtes bon, monsieur Bernard!

BERNARD.

Et cela me servira encore à aller de temps en temps voir à Brighton si notre petite amie est contente de ses élèves.

FOURCHAMBAULT.

Ah! parbleu! J'ai le mal de mer, mais ces jours-là vous me prendrez à bord.

MARIE.

Merci, mes bons, mes chers amis, vous me donneriez le courage de m'exiler. Quand faut-il ma réponse?

BERNARD.

Vous avez vingt-quatre heures de réflexion.

MARIE.

Je réfléchirai!

BERNARD.

Maintenant, monsieur Fourchambault, à nous deux! (A Marie qui veut se retirer.) Non, à nous trois. — J'apprends que le fils du préfet va épouser votre fille.

FOURCHAMBAULT, s'asseyant près de la table.

Tiens, c'est vrai: j'ai oublié de vous en faire part. Excusez-moi, il s'est passé tant de choses depuis hier...

BERNARD.

Et ce mariage vous plait?

FOURCHAMBAULT.

Mon Dieu, oui et non.

MARIE, assise à gauche.

C'est madame Fourchambault qui en est coiffée.

BERNARD, allant s'asseoir à la table de droite, en face de Fourchambault.

Et vous sacrifiez votre fille par déférence pour les vanités de votre femme?

FOURCHAMBAULT.

Pardon, mon ami! vous ne prétendez peut-être pas vous intéresser à ma fille plus que sa mère et moi?

BERNARD.

Je n'ai même aucun droit à m'intéresser à mademoiselle Blanche; mais j'ai le devoir de m'intéresser beaucoup à un brave garçon que ce mariage désespère.

FOURCHAMBAULT.

Qui est-ce?

BERNARD.

Mon bras droit, mon second, Victor Chauvet!

MARIE, se levant.

Je le croyais à Calcutta!

FOURCHAMBAULT.

Moi aussi!

BERNARD.

Il en est arrivé hier, et il a trouvé cette bienvenue en débarquant. Je ne me doutais de rien, moi! Il est entré ce matin chez moi, et m'a raconté son affaire en pleurant. Ça fait mal de voir pleurer un gaillard de cette trempe-là. Ah! il aime votre fille, je vous en réponds, et il la rendrait heureuse!

FOURCHAMBAULT.

Je le sais pardieu bien! mais ma femme ne veut pas entendre parler de lui. Or, c'est elle qui dote sa fille.

BERNARD.

Mais Chauvel ne demande rien. Il épouserait sans dot...

MARIE, debout derrière la table, à Fourchambault.

Sans dot!

FOURCHAMBAULT.

Voilà qui pourrait arranger les choses... mais, sapristi! ça ne se peut pas! Blanche aime le petit baron.

BERNARD.

Ce n'est pas possible! Victor en partant se croyait aimé, et ce n'est pas un fat. On aura profité de son absence pour travailler Blanche contre lui.

MARIE.

N'en doutez pas... on a surexcité sa vanité de petite fille, on a fait miroiter la baronie à ses yeux.

FOURCHAMBAULT.

Je n'y suis pour rien.

BERNARD.

Non; mais c'est à vous de l'éclairer sur ses véritables sentiments, pour qu'elle ne puisse pas un jour vous reprocher d'avoir été complice de sa mère dans ce déplorable mariage.

FOURCHAMBAULT.

En vérité, je suis... vous me dites des choses auxquelles je n'aurais jamais pensé moi-même.

MARIE.

Eh bien! pensez-y.

BERNARD.

Il n'est que temps.

SCÈNE VIII.

LES MÊMES, BLANCHE.

FOURCHAMBAULT, à Bernard.

La voici, parlez-lui donc!

BERNARD, se levant.

Volontiers. Mademoiselle Blanche?

BLANCHE.

Monsieur?

BERNARD.

Est-ce vrai que vous aimez le petit Rastiboulois?

BLANCHE.

Est-ce que cela vous regarde? (Allant à son père.) De quoi se mêle-t-il?

FOURCHAMBAULT.

Réponds-lui comme à notre meilleur ami. Aimes-tu ton futur?

MARIE.

Est-ce qu'elle peut l'aimer!

BLANCHE.

Mais ce n'est pas indispensable. Le mariage étant la seule

carrière des demoiselles, la personne du mari importe moins que son état dans le monde; or, la carrière de baronne me tente assez.

BERNARD, brusquement.

Et la carrière d'honnête femme ne vous tente-t-elle pas aussi un peu?

BLANCHE.

Mais on peut être honnête femme et baronne, je suppose?

MARIE.

Oui, si on aime son baron; mais si on ne l'aime pas...

BERNARD.

On a quatre-vingt-dix-neuf chances contre une d'en aimer un autre, et alors... va te promener!

FOURCHAMBAULT.

Monsieur Bernard!

BERNARD.

Quoi donc?

FOURCHAMBAULT.

On ne parle pas de ces choses-là aux jeunes filles, mon ami!

BERNARD.

On a diablement tort.

FOURCHAMBAULT.

On voit bien que vous n'avez pas de sœur!

BERNARD.

Ah! pardieu! si j'en avais une, je voudrais qu'elle sût à

quoi elle s'engage avant de s'engager! Je ne croirais pas faire un chef-d'œuvre de délicatesse en respectant sa fleur d'ignorance et en déflorant son cœur. Je lui prêcherais l'amour qui est la loi naturelle, dans le mariage qui est la loi sociale. Je lui dirais : Tâche d'être heureuse pour rester honnête, car le bonheur est la moitié de la vertu ; et puisqu'il faut un roman dans la vie d'une femme, place le tien sur la tête de ton mari et de tes enfants.

BLANCHE.

Mais je ne suis pas romanesque, moi!

MARIE.

Vous ne l'êtes pas, et vous avez dix-huit ans? Quelle gelée a donc brûlé vos premières feuilles?

Elle la fait asseoir sur un fauteuil à gauche.

BERNARD, à Marie.

C'est comme ça en France, mademoiselle! L'affectation de la jeunesse, aujourd'hui, c'est d'être positive! Elle rougirait d'aspirer aux chimères!

MARIE.

Tant pis pour elle.

BERNARD.

Oh! oui, tant pis! car c'est le roman qui a raison, c'est l'idéal qui est la vérité... on s'en aperçoit en vieillissant.

FOURCHAMBAULT.

Hélas!

BERNARD, à Fourchambault.

Ce qui m'amuse, c'est l'indignation des jeunes demoiselles à l'endroit des coureurs de dot.

BLANCHE.

N'ont-elles pas raison de s'indigner?

BERNARD.

Oui, mais alors elles ne devraient pas faire comme eux... Or, elles ne sont pas plus désintéressées qu'eux, on ne le remarque pas assez. Mariage d'argent ou mariage de vanité, c'est toujours mariage d'intérêt, et coureurs de dot ou coureuses de titres, je donnerais le choix pour une épingle!

MARIE, *à droite de Blanche, une main sur le dossier du fauteuil.*

Si vous écoutiez votre cœur, je suis sûre qu'il ne vous donnerait pas d'autres conseils.

BERNARD, *à gauche de Blanche, appuyé aussi au fauteuil.*

Pourquoi ne l'écoutez-vous pas?

MARIE.

Si vous ne tenez pas à aimer votre mari, vous ne tenez donc pas non plus à ce qu'il vous aime? Vous acceptez une vie commune, sans intimité et sans tendresse? Un contact de toutes les heures avec un étranger? cela ne vous révolte pas?

BERNARD.

Tandis que ce doit être si doux de vivre calme et fière sous la protection d'un maître qui se fait votre esclave!

MARIE.

De le protéger à votre tour contre les découragements de la vie!

BERNARD.

De lui donner des enfants qui achèveront de confondre vos deux existences dans la leur!

MARIE.

Et dans lesquels vous vous aimerez une seconde fois.

BERNARD.

Croyez-moi, ma chère Blanche, le mariage est la plus basse des institutions humaines, quand il n'est que l'union de deux fortunes.

MARIE.

Et c'est la plus haute des institutions divines, quand il est l'union de deux âmes.

Le regard de Marie rencontre celui de Bernard, ils baissent les yeux et restent interdits.

FOURCHAMBAULT.

Écoute-les, mon enfant! écoute aussi ton vieux père. Il y a ici un brave jeune homme qui t'aime.

BLANCHE se lève vivement.

Il est revenu?

FOURCHAMBAULT.

D'hier. Il a tout raconté ce matin à Bernard en pleurant.

BLANCHE.

Pauvre garçon!

FOURCHAMBAULT.

Ce n'est pas à ta fortune qu'il en veut, lui!... Il est prêt à t'épouser sans dot, si ta mère n'en veut pas donner.

BLANCHE.

Oh! qu'elle n'en donne pas! Ce sera bien plus gentil!

FOURCHAMBAULT.

Mais il faut qu'elle donne au moins son consentement!

BLANCHE.

Il y aura du tirage ; mais M. Bernard est là ! (A Bernard.) N'est-ce pas que vous êtes là... sans en avoir l'air? et que vous travaillerez avec nous à la conversion de maman?

BERNARD, affectueusement.

La vôtre me suffit. Je vais l'annoncer à ma mère qui s'y intéresse fort. Quant à madame Fourchambault, elle trouverait, et avec raison, que j'excède un peu bien les droits d'un simple associé. C'est à votre père de traiter la question avec elle.

BLANCHE, à son père.

En auras-tu le courage ?

FOURCHAMBAULT.

Si je l'aurai? sabre de bois! Quand il s'agit du bonheur de ma fille... une femme ne me fait pas peur!

BERNARD.

Ainsi, c'est convenu? Vous vous chargez du consentement de madame Fourchambault?

FOURCHAMBAULT.

Je m'en charge!

BERNARD.

Eh bien, je retourne à mes affaires! (A Marie.) Votre réponse demain, n'est-ce pas, mademoiselle?

MARIE.

Oui, monsieur.

Bernard sort.

SCÈNE IX.

MARIE, FOURCHAMBAULT, BLANCHE.

BLANCHE.

Et puis, si maman ne veut pas entendre raison, savez-vous, moi? Je me laisse tranquillement traîner à l'autel, c'est-à-dire à la mairie, et quand monsieur le maire prononce son petit sermon, je réponds de ma voix la plus claire : Non! non! non!

FOURCHAMBAULT.

Tiens, c'est une idée! c'est peut-être même ce qu'il y aurait de plus simple.

BLANCHE.

Oui, n'est-ce pas? Cela te dispenserait d'affronter maman. (A Marie.) Il a déjà peur!

FOURCHAMBAULT.

Petite bête!

BLANCHE.

Pas si bête! Veux-tu que nous restions près de toi pour te prêter main forte?

FOURCHAMBAULT.

Pas du tout. Vous me gêneriez plutôt. La Conférence sera peut-être orageuse, et la place des enfants n'est pas entre des grands parents qui se querellent. J'entends ta mère; va-t'en!

BLANCHE.

Oui, papa. (Bas à Marie en sortant.) Après tout, il n'y a rien de tel qu'un poltron qui se révolte.

Elles sortent par le fond.

SCÈNE X.

FOURCHAMBAULT seul.

Je donnerais bien quelque chose pour être plus vieux d'une heure... La voici!... du courage!

SCÈNE XI.

FOURCHAMBAULT, MADAME FOURCHAMBAULT.

FOURCHAMBAULT, résolûment.

Ma chère amie, j'ai une grosse nouvelle à t'annoncer.

MADAME FOURCHAMBAULT.

Moi aussi.

FOURCHAMBAULT.

Commençons par la mienne. J'ai interrogé Blanche, elle ne peut pas souffrir le fils Rastiboulois... ne m'interromps pas! Elle aime Victor Chauvet, et je les marie.

MADAME FOURCHAMBAULT.

Il est de retour? Ah! c'est le ciel qui l'envoie!

FOURCHAMBAULT, étonné.

Hein? tu consens?

MADAME FOURCHAMBAULT.

Si je consens? Le préfet rompt avec nous! c'était ma nouvelle, à moi.

FOURCHAMBAULT.

Bravo! Voilà qui se trouve bien!

MADAME FOURCHAMBAULT.

Oui, si ce tartuffe rompait loyalement sur la question d'argent... mais il faut à sa gloriole un prétexte plus noble, et il en a trouvé un qui nous met dans la pénible nécessité de renvoyer mademoiselle Letellier au plus vite.

FOURCHAMBAULT.

Renvoyer Marie?

MADAME FOURCHAMBAULT, donnant une lettre à son mari.

Voici la lettre que je reçois.

FOURCHAMBAULT, lisant.

« Madame, j'ai bravé l'opinion publique tant que j'ai pu » croire qu'elle vous calomniait. Il m'était trop pénible » d'admettre que vous tolériez sous votre propre toit une » liaison qui range votre fils; mais après vos confidences » d'hier soir, vous comprendrez...» Quelles confidences? Je n'ai rien entendu.

MADAME FOURCHAMBAULT.

Pendant le troisième acte, il m'a retenue dans le salon de la loge.

FOURCHAMBAULT.

Je n'y ai pas fait attention... Après?

MADAME FOURCHAMBAULT, *confuse.*

Il m'a entortillée avec toute sorte de patelinage; bref, je me suis prise au piége comme une sotte, et j'ai tout avoué.

FOURCHAMBAULT.

Qu'avais-tu à avouer?

MADAME FOURCHAMBAULT.

Vous ne vous êtes donc jamais aperçu de rien, vous?

FOURCHAMBAULT.

Léopold a fait une espèce de cour à Maïa, oui, mais si tu n'as pas d'autres indices...

MADAME FOURCHAMBAULT.

J'en ai cent! Tenez, sans aller bien loin, j'ai vu Marie recevoir un billet à cette place même.

FOURCHAMBAULT.

Peuh! Inconséquence de créole, mais de là...

MADAME FOURCHAMBAULT.

De là à ce que j'ai surpris avant-hier, il n'y a qu'un pas.

FOURCHAMBAULT.

Qu'as-tu surpris?

MADAME FOURCHAMBAULT.

Après le dîner de la préfecture, nous sommes revenus tous ensemble à l'hôtel; Léopold est rentré dans sa chambre...

FOURCHAMBAULT.

Oui, ensuite?

MADAME FOURCHAMBAULT.

Une heure après (je n'ai pas fermé l'œil de la nuit), j'ai

entendu sa porte s'ouvrir, il est sorti sur la pointe du pied, et il n'est rentré chez lui qu'à cinq heures du matin. Est-ce clair?

FOURCHAMBAULT, avec force.

C'est absurde, c'est impossible! tu as rêvé. Je jure que Marie est innocente!

MADAME FOURCHAMBAULT.

Libre à vous de le croire; mais, innocente ou non, il faut qu'elle parte au plus tôt.

FOURCHAMBAULT.

La chasser? ce serait la dernière des lâchetés; et une lâcheté qui perdrait la pauvre enfant sans nous blanchir, car on la prendrait pour une concession tardive à l'opinion publique, voilà tout. Non, non! gardons, au contraire, Marie entre nous! Entourons-la hautement de notre amitié et de notre estime! Nous avons Bernard avec nous, nous allons avoir Victor Chauvet... il faudra bien que la calomnie hésite et recule devant cette phalange d'honnêtes gens qui la regarderont en face.

MADAME FOURCHAMBAULT, indécise.

Faites comme vous l'entendrez.

Marie passe au fond sur la terrasse.

FOURCHAMBAULT.

La voici! (*Appelant.*) Marie?

Marie entre.

SCÈNE XII.

LES MÊMES, MARIE.

FOURCHAMBAULT.

Venez, Marie... il ne s'agit plus de sir John Sunter, ma pauvre enfant; vous devez rester avec nous, il y va de votre honneur et du nôtre.

MARIE.

Comment cela?

FOURCHAMBAULT.

En deux mots : nous sommes accusés par le baron, vous, d'être la maîtresse de Léopold, nous, de prêter les mains à une liaison qui range notre fils...

MARIE.

Quelle infamie!

FOURCHAMBAULT.

Vous comprenez que votre départ en ce moment ressemblerait à une expulsion qui donnerait gain de cause à la calomnie.

MARIE.

Oui, certes! (Elle s'assied à droite.) O mon ami! pardonnez-moi d'avoir attiré cet orage sur votre maison! Que vous êtes bon de me défendre, de m'abriter! que je vous remercie de ne pas douter de moi.

MADAME FOURCHAMBAULT, piquée.

Mon mari *et moi*, nous ne faisons que notre devoir en

vous protégeant... mais il est certain que vous avez été au moins bien imprudente.

MARIE.

Au moins? que voulez-vous dire?

MADAME FOURCHAMBAULT.

Passons, mademoiselle!

FOURCHAMBAULT.

Madame!

MARIE, à Fourchambault.

Croit-elle donc que son fils est mon amant?

FOURCHAMBAULT.

Marie!

MARIE.

Elle le croit! (Se levant et marchant vers madame Fourchambault.) Et vous me gardiez auprès de vous?... Oh! j'y vois clair, maintenant! Dans votre pensée aussi je rangeais votre fils! c'était mon emploi dans la maison!... je payais votre hospitalité de mon honneur! Quelle honte! Adieu!

MADAME FOURCHAMBAULT.

Vous partez?

MARIE.

Est-ce que je peux rester une minute de plus sous votre toit!

FOURCHAMBAULT.

Mais vous vous perdez en le quittant!

MARIE.

Mieux vaut me perdre que m'avilir!

MADAME FOURCHAMBAULT.

On dira que je vous ai chassée !

MARIE.

On se trompera !... c'est moi qui vous chasse... en sortant !

Elle sort. — M. et madame Fourchambault restent atterés. — La toile tombe.

ACTE CINQUIÈME.

Même décor qu'au deuxième acte.

SCÈNE PREMIÈRE.

MADAME BERNARD, assise sur le canapé à gauche et tricotant un bas d'enfant, puis BERNARD.

BERNARD, entrant par le fond, jette son chapeau avec violence.

Malheur!

MADAME BERNARD.

Qu'y a-t-il donc?

BERNARD.

Parbleu, il y a... ce qui devait arriver est arrivé. Mademoiselle Letellier est perdue.

MADAME BERNARD.

Perdue?

BERNARD.

C'est la conversation de la ville. Il paraît qu'hier au soir, à la réception de la préfecture, les Rastiboulois ont annoncé officiellement leur rupture avec les Fourchambault, ajoutant à l'oreille de chacun qu'on ne pouvait pas épouser une jeune fille élevée dans un milieu immoral, dans l'intimité de la maîtresse de son frère, auprès d'une mère qui favorise les désordres de son fils sous son propre toit.

MADAME BERNARD, se levant.

Ce n'est pas possible! Je ne peux pas le croire, et je te trouve toi-même un peu prompt...

BERNARD.

Hélas! le doute n'est plus permis. Cette bécasse de madame Fourchambault s'est laissé tirer les vers du nez par le baron et lui a tout avoué.

MADAME BERNARD.

Qui dit cela? Le baron?

BERNARD.

Sans doute! mais quel intérêt a-t-il à le dire si ce n'est pas vrai? D'ailleurs, la bonne dame ne s'est pas insurgée contre l'accusation; au contraire! elle l'a confirmée en chassant Marie, qui s'est réfugiée à l'hôtel de Londres.

MADAME BERNARD.

Elle n'a pas osé venir chez moi!... Malheureuse enfant!

BERNARD.

C'est ma faute! J'aurais dû l'arracher plus tôt de cette maison funeste. Il était évident qu'elle aimait ce petit drôle. J'ai trop compté sur sa force de résistance, et pas assez avec l'audace du fils et la rouerie de la mère... Enfin, le mal est fait.

MADAME BERNARD.

Que va-t-elle devenir?

BERNARD.

Elle partira pour l'Angleterre. Elle hésitait devant cet exil; elle va maintenant l'accepter comme une planche de salut. Et, en effet, ce scandale ne traversera pas la mer et tombera de lui-même après son départ.

MADAME BERNARD.

On lui aura promis mariage.

BERNARD.

Parbleu! c'est la tradition dans cette famille-là.

MADAME BERNARD.

Ah! le père aurait tenu sa promesse, je n'en doute pas, si un ami loyal et ferme lui avait remontré les devoirs que l'honneur lui imposait envers moi.

BERNARD.

Lui, c'est possible.

MADAME BERNARD.

Ne bénirais-tu pas cet ami-là? (S'approchant de Bernard.) Ne le tiendrais-tu pas pour bienheureux d'avoir pu sauver une pauvre fille séduite?

BERNARD.

Oui, certes!

MADAME BERNARD.

Eh bien! mon fils, sois cet ami, pour Marie et pour ton frère.

BERNARD, avec un rire amer.

Mon frère? Au fait, c'est vrai... c'est mon frère!... Si tu crois que ce jeune homme consentira jamais à un pareil mariage! Si tu crois que sa mère lui laissera jamais épouser une fille sans dot!...

MADAME BERNARD.

S'il ne tient qu'à cela...

Bernard la regarde avec étonnement et s'assied les yeux baissés. — Un long silence.

BERNARD, prenant la main de sa mère.

Je la rachèterai... comme je voudrais qu'on t'eût rachetée toi-même.

MADAME BERNARD.

Bien, mon fils.

LE DOMESTIQUE, annonçant.

Mademoiselle Letellier.

BERNARD, à part.

J'aurais mieux aimé ne pas la voir maintenant.

SCÈNE II.

LES MÊMES, MARIE, par le fond. Elle salue madame Bernard qui lui montre un siège; elle se retourne étonnée vers Bernard qui la salue froidement.

MARIE.

Je venais vous dire adieu, madame; j'ai arrêté mon passage sur un paquebot en partance pour l'île Bourbon.

MADAME BERNARD.

Vous n'allez donc pas en Angleterre?

MARIE, amèrement.

Non, madame; sir John Sunter me ferme sa porte.

BERNARD, à part.

Au fait, c'était à prévoir.

MADAME BERNARD.

Et que ferez-vous là-bas?

MARIE.

Qui sait? Dieu est grand.

BERNARD, s'avançant.

Quand part le paquebot?

MARIE.

A la marée haute ce soir.

BERNARD.

Attendez-moi ici.

Il sort.

SCÈNE III.

MADAME BERNARD, MARIE.

MADAME BERNARD.

Tout espoir n'est pas perdu, ma pauvre Marie; Bernard va trouver M. Léopold et tâcher de lui faire tenir sa promesse.

MARIE.

Quelle promesse?

MADAME BERNARD.

De vous épouser.

MARIE.

Mais il ne m'a jamais parlé de cela, ce brave Léopold! Je dois même dire qu'il m'a prévenue avec une loyauté parfaite que ses intentions n'avaient rien d'honorable.

MADAME BERNARD.

Et malgré cela, vous êtes?...

MARIE.

Sa maîtresse, n'est-ce pas?... on le dit.

MADAME BERNARD, se levant.

Mais vous, que dites-vous?

MARIE, fièrement.

Rien! A quoi bon? On ne discute pas avec la calomnie! on l'écrase ou on la subit. Mais se défendre quand on n'a pas de quoi se justifier, demander grâce sans l'obtenir, c'est la dernière des humiliations. On peut me fouler aux pieds, je ne m'abaisserai pas moi-même.

MADAME BERNARD.

Ah! je comprends cette résignation farouche, je la connais... C'est la fierté de l'innocence. (Elle l'attire dans ses bras et la tient longtemps embrassée.) Mais je suis peut-être la seule que puisse convaincre ce silence hautain; il faut donc vous rendre l'honneur comme si vous l'aviez réellement perdu; et c'est ce que Bernard tente en ce moment. Il faut que M. Léopold vous épouse.

MARIE.

L'épouser, moi? Mais, madame, je ne l'aime pas.

MADAME BERNARD.

Vous avez au moins de l'amitié pour lui ; ce n'est pas un mariage d'amour que je vous propose, c'est un mariage de raison, ou, pour dire plus, un mariage de réhabilitation.

MARIE.

Oui !... oui !... c'est vrai. Ce serait l'honneur, ce serait le salut, plus encore, ce serait tout !... Mais hélas ! Quelle apparence que Léopold consente ? Il ne me doit aucune espèce de réparation... et je suis pauvre.

MADAME BERNARD.

Pas tant que vous croyez. Vous avez d'abord vos quarante mille francs.

MARIE.

C'est trois cent mille francs qu'il faudrait.

MADAME BERNARD.

Attendez donc : vous allez faire un héritage.

MARIE.

Un héritage, moi ? de qui ?

MADAME BERNARD, embarrassée.

C'est peut-être une donation... je ne sais pas au juste. Bernard vient d'en recevoir la nouvelle et la porte à M. Léopold.

MARIE, avec un triste sourire.

C'est une donation... Il y a, en effet, une mère et un fils qui m'aiment comme leur propre enfant. O cœurs d'or, âmes tendres et généreuses ! Que Dieu leur donne tout le bonheur qu'il me refuse.

SCÈNE IV.

LES MÊMES, BERNARD.

MADAME BERNARD.

Déjà! Tu ne l'as donc pas trouvé?

BERNARD.

Non, il est sorti depuis ce matin, mais je lui ai laissé un mot, le priant de venir ici dès qu'il rentrera. Il ne peut tarder, m'a-t-on dit.

MARIE.

Je sais, monsieur Bernard, tout ce que vous voulez faire pour moi. J'accepte avec reconnaissance. Vous me croyez bien coupable: mais si vous réussissez dans votre tentative, vous reconnaîtrez que je ne suis pas indigne de l'intérêt paternel que vous me portez.

BERNARD.

Oui, paternel. Soyez tranquille: la réparation ne vous manquera pas, j'en réponds.

MARIE.

Que Dieu vous entende.

BERNARD, à part.

J'y mettrai le prix!

MADAME BERNARD.

On monte l'escalier.

MARIE.

C'est Léopold.

BERNARD, à part.

Elle reconnait son pas. (Haut.) Eh bien! vous êtes tous les deux de trop.

MADAME BERNARD.

Venez, Marie.

Elles sortent par la gauche. La porte du fond s'ouvre, le domestique annonce.

LE DOMESTIQUE.

M. Léopold Fourchambault.

SCÈNE V.

BERNARD, LÉOPOLD.

LÉOPOLD.

Je rentrais derrière vous, monsieur, et j'accours à votre appel.

BERNARD.

Je vous remercie. Vous savez sans doute ce qui s'est passé hier soir à la préfecture?

LÉOPOLD.

C'est même ce qui m'a fait sortir si matin. Un de mes amis était venu m'avertir le soir même. Je me suis levé à l'aube, et tout est arrangé. Nous pouvons porter beau : les rieurs sont de notre côté.

BERNARD.

Tout est arrangé?

LÉOPOLD.

Oh! moi, je ne flâne pas, quand il ne faut pas flâner. A six heures j'étais chez Victor Chauvet, un gaillard qui n'a pas froid aux yeux; il voulait prendre l'affaire à son compte sous prétexte qu'il doit épouser ma sœur, mais je lui ai fait observer qu'il y avait trois femmes compromises dont deux ne le concernaient en aucune façon, et il s'est rendu. J'aurai là un beau-frère de mon goût. Si c'est à vous que je le dois, je vous en remercie.

BERNARD.

Ensuite? ensuite?

LÉOPOLD.

A sept heures, Victor entrait chez le petit Rastiboulois. A huit heures, réunion des quatre témoins. A dix heures, nous étions sur le terrain... je dois dire à la louange du baronnet qu'il ne s'est pas fait tirer l'oreille; ç'aurait été un beau-frère assez agréable aussi à ce point de vue; à dix heures cinq il empochait un coup d'épée qui lui assure quinze bons jours de matelas. A onze heures, j'étais à table avec mes témoins... belle fourchette, l'ami Victor! Je me propose de m'inviter souvent à sa table. A midi, nous rentrions au Havre; je recevais les félicitations de mes camarades; je trouvais votre mot chez moi, et me voilà! Trouvez-vous que j'ai perdu ma matinée?

BERNARD.

Et vous croyez que tout est arrangé?

LÉOPOLD, *s'asseyant sur le canapé.*

Parbleu! vous allez voir le revirement d'opinion! Il n'y a rien de tel qu'un coup d'épée à propos. Les Rastiboulois en seront pour leur courte honte. Je parie qu'avant huit jours, le préfet est obligé de demander son changement; ça m'amusera.

BERNARD, *s'asseyant sur une chaise près du canapé.*

Et mademoiselle Letellier, que deviendra-t-elle?

LÉOPOLD.

Est-ce qu'elle ne part pas pour l'Angleterre?

BERNARD.

Non, monsieur. Le scandale dont elle a été l'objet lui enlève son gagne-pain. Sir John Sunter a repris sa parole.

LÉOPOLD.

Ah! la pauvre enfant! j'en suis desolé! Que peut-on faire pour elle?

BERNARD.

Cherchez.

LÉOPOLD.

Accepterait-elle... sous une forme délicate ..

BERNARD.

De l'argent?... C'est l'honneur qu'elle a perdu, monsieur, c'est l'honneur qu'il faut lui rendre.

LÉOPOLD.

Mais, mon cher monsieur, je n'ai pas à lui rendre ce que je ne lui ai pas pris.

BERNARD.

Je ne vous demande pas de confidences, monsieur.

LÉOPOLD.

Ce serait pourtant moins indiscret que ce que vous me

demandez; car, si je comprends bien, vous me demandez tout simplement d'épouser.

BERNARD.

Tout simplement.

LÉOPOLD, se levant.

Est-ce que ce genre d'affaires est compris dans la commandite ?

BERNARD.

Non, monsieur, mais je m'intéresse vivement à mademoiselle Letellier.

LÉOPOLD.

Oh! je le sais de reste; vous n'avez rien à lui refuser.

BERNARD.

Je me considère pour ainsi dire comme son père.

LÉOPOLD.

Ah! ah! vous passez dans la magistrature assise ?

BERNARD.

Je ne comprends pas.

LÉOPOLD.

Allez toujours.

BERNARD, se levant.

Qu'elle soit ou non votre maîtresse, je n'ai pas à le savoir. Ce que je sais, c'est qu'elle est perdue à cause de vous, sinon par vous, perdue dans sa réputation et dans ses moyens d'existence; c'est qu'elle était votre hôte, et sous votre sauvegarde; c'est que vous lui devez une réparation, et qu'il n'y en a pas d'autre que le mariage. Voilà ce que je sais.

LÉOPOLD.

Si vous aviez moins navigué, mon cher monsieur, vous sauriez aussi qu'il y a des situations dont personne ne peut être responsable, parce qu'elles sont fausses et portent leur péril en elles-mêmes. Institutrices, demoiselles de compagnie, maîtresses de langue ou de piano, (Mouvement de Bernard.) c'est tout un, toutes ces pauvres filles sont suspectes par le fait seul qu'il y a un jeune homme dans la maison.

BERNARD, amer.

Oui, je sais! Le travail, qui honore l'homme, déclasse la femme! Le monde est en défiance contre celle qui veut gagner sa vie honorablement... comme son chemin est rude on la tient pour vouée aux faux pas...

LÉOPOLD.

Dame! il est certain qu'elle est sur une pente dangereuse.

BERNARD, s'emportant.

Les pentes sont dangereuses pour qui descend et non pour qui monte! Or, elle monte, celle-là! Vous devriez la soutenir, l'entourer de respect et de protection; loin de là! le mépris devance sa chute; vous la poussez au besoin sans scrupule, et quand elle tombe, personne ne se retourne pour la relever. Voilà votre justice.

LÉOPOLD.

C'est injuste sans doute, mais c'est comme ça. Ce n'est donc pas moi qui ai compromis Maïa, c'est sa position.

BERNARD, se contenant.

Nierez-vous que vous lui ayez fait la cour?

LÉOPOLD.

Voilà que vous me demandez des confidences!

BERNARD.

Enfin, l'aimez-vous, oui ou non?

LÉOPOLD.

Je l'aime... d'une façon et pas de l'autre.

BERNARD.

En un mot, pas assez pour l'épouser? et vous en épouserez une autre que vous n'aimerez pas du tout, mais qui vous apportera deux ou trois cent mille francs.

LÉOPOLD, *se levant et saluant.*

Plutôt trois cents.

BERNARD.

Eh bien! mademoiselle Letellier les a.

LÉOPOLD.

Oh! oh!... D'où lui viennent-ils, sans indiscrétion?

BERNARD.

Je vous ai dit que je me regarde comme son père.

LÉOPOLD, *ironique.*

Un père un peu jeune!... Mes compliments, monsieur. C'est royal! c'est tout à fait dans les traditions de l'ancienne monarchie... Mais il n'est pas dans nos traditions bourgeoises d'accepter de pareilles dots.

BERNARD, *indigné.*

Vous croyez?... Non! vous n'en croyez pas un mot.

LÉOPOLD.

A quel autre titre doteriez-vous mademoiselle Letellier?

BERNARD.

Ah! ah! Vous calomniez pour vous soustraire à un devoir d'honneur? Je reconnais votre sang! Vous êtes bien le petit-fils de votre grand-père!

LÉOPOLD.

Je m'en flatte.

BERNARD.

Il n'y a pas de quoi.

LÉOPOLD.

Ce qui veut dire?

BERNARD.

Que votre grand-père était un vil calomniateur.

LÉOPOLD.

Répétez donc ça!

BERNARD.

Le dernier des misérables!...

Léopold jette son gant au visage de Bernard, qui pousse un cri terrible, s'élance vers Léopold et s'arrête tout à coup en se tordant les mains.

BERNARD.

Vous êtes bien heureux d'être mon frère.

LÉOPOLD.

Votre frère?... seriez-vous?... Vous êtes le fils de la maîtresse de piano! Oh! bien alors, qu'à cela ne tienne! Ne vous gênez pas! Je connais l'anecdote, et je vous certifie que nous n'avons pas une goutte de même sang dans les veines.

BERNARD.

Le voilà, le crime de votre grand-père! vous le recommencez! — Mais je viens en trois jours d'infliger à ses calomnies une série de démentis sans réplique : par commandement de ma mère, j'ai sauvé de la faillite votre père. qui est mon père!

LÉOPOLD, interdit.

Par commandement de votre mère?...

BERNARD.

Oui, monsieur, elle tient encore à l'honneur d'une famille qui a fait si bon marché du sien. — J'ai pris la barre de votre embarcation en détresse; j'ai remis dans votre maison l'ordre matériel et l'ordre moral; j'ai arraché votre sœur, qui est ma sœur, à un mariage funeste: tout cela par commandement de ma mère. Enfin, moi, je viens d'être souffleté par vous et je ne vous ai pas écrasé. — Qu'en dites-vous maintenant?

LÉOPOLD.

Je dis que votre mère est la plus noble des femmes; je dis que c'est le même sang qui coule dans nos veines, je dis que c'est moi que j'ai frappé sur votre joue. — O mon frère, pardon!

BERNARD, indiquant du doigt la joue souffletée.

Efface.

Léopold se jette dans ses bras.

BERNARD.

Crois-tu maintenant que tu peux accepter de moi la dot de Marie?

LÉOPOLD.

Oui, grand frère. — Quel pauvre petit homme je fais auprès de toi! mais tu me rendras digne de toi, tu me redresseras, tu m'élèveras... il y a de l'étoffe, tu verras...

BERNARD.

J'en suis sûr maintenant. — Aimons-nous comme des frères, mais pour tout le monde ne soyons que des amis, et ne confie à personne ce que tu viens d'apprendre; à personne, entends-tu? pas même à notre père.

LÉOPOLD.

Quoi! il ne saura jamais?...

BERNARD.

Jamais. Tu comprendras d'un mot le prix que j'attache à ton silence : j'ai renoncé au mariage, à la famille, à tout ce que j'aimerais... pour garder mon secret, ou plutôt celui de ma mère.

LÉOPOLD, lui serrant la main.

Je comprends : compte sur moi.

LE DOMESTIQUE, annonçant.

Mademoiselle Blanche Fourchambault.

LÉOPOLD, bas à Bernard.

Tiens! ma sœur... (Se reprenant.) notre sœur.

BERNARD, bas.

Silence! (Au domestique.) Priez ma mère et mademoiselle Letellier de revenir ici.

Le domestique sort par la gauche. Blanche entre par le fond sur les derniers mots de Bernard.

SCÈNE VI.

LES MÊMES, BLANCHE.

BLANCHE, apercevant Léopold que lui cachait Bernard.

Léopold?

LÉOPOLD, avec une feinte sévérité.

Vous ne comptiez pas me trouver ici, mademoiselle! Qu'y venez-vous faire toute seule?

BLANCHE.

C'est maman qui m'envoie, en coupé, avec Justine qui m'attend en bas. — Nous pensions bien que Marie s'était réfugiée chez madame Bernard. Son départ a mis maman aux cent coups, et je suis chargée de la ramener. Voilà! — Mais puisque je te trouve, je ne suis pas fâchée de te dire ce que je pense devant M. Bernard, qui sera certainement de mon avis.

LÉOPOLD.

Dis ce que tu penses.

BLANCHE.

Je pense qu'ayant compromis Maïa, ton devoir est de l'épouser.

LÉOPOLD.

Ce n'est pas une idée de maman, ça.

BLANCHE.

Non! c'est une idée de moi et de papa Mais nous y aménerons maman, j'en suis sûre, si M. Bernard veut bien s'en mêler.

LÉOPOLD.

Il s'en mêle, il s'en mêle si bien qu'il n'y a plus d'obstacle.

BLANCHE.

Ah! monsieur Bernard, vous êtes notre providence.

LÉOPOLD.

Eh bien! embrasse-le.

BLANCHE, sautant au cou de Bernard.

De tout mon cœur!

BERNARD, bas à Léopold en lui serrant la main.

Merci!

SCÈNE VII.

LES MÊMES, MARIE, MADAME BERNARD.

BLANCHE.

Ah! Maïa, que je suis contente! Chère sœur!

MARIE.

Vous avez réussi, monsieur Bernard?

BERNARD.

J'ai l'honneur de vous demander votre main pour mon ami Léopold.

MARIE.

Dieu soit loué! je tremblais que vous n'échouiez. Quel rêve pour une pauvre fille tombée dans le mépris, vouée à l'opprobre et à la misère, car j'étais tout cela, n'est-ce pas, monsieur Bernard? quel rêve de recouvrer son rang, le bonheur et la richesse en épousant celui qu'elle aime! — Eh bien! je refuse.

LÉOPOLD.

Hein!

BLANCHE.

Bah!

MADAME BERNARD.

Comment?

BERNARD.

Vous acceptiez ce mariage avec reconnaissance!

MARIE.

Oh! oui! avec reconnaissance, car il contenait ma seule justification possible : mon refus. Quand je n'aime pas assez monsieur pour l'épouser, qui croira que je l'aie assez aimé pour faillir?

MADAME BERNARD.

Personne! n'est-ce pas, Bernard?

BERNARD.

Personne.

MARIE.

Et maintenant, adieu! Je vous confie à tous en partant le soin de me défendre. — Adieu, madame; vous m'avez témoigné des bontés maternelles que j'emporte au plus profond de mon cœur. Adieu, Léopold; ne faites pas cette mine penaude, j'ai beaucoup plus d'affection pour vous que vous n'avez eu de fantaisie pour moi : quittons-nous bons amis... Adieu, chère petite Blanche; vous m'avez appelée votre sœur, je ne l'oublierai pas, soyez heureuse pour deux. — Adieu, monsieur Bernard.

BERNARD.

Adieu, mademoiselle.

BLANCHE, pleurant.

Mais je ne veux pas que vous partiez, moi! Pourquoi n'épousez-vous pas mon frère, puisque vous avez de l'amitié pour lui?

LÉOPOLD.

Parbleu! parce qu'elle a de l'amour pour un autre.

MARIE.

Léopold!...

BLANCHE.

Pour qui donc?

LÉOPOLD.

Pour un aveugle qui ne veut pas voir, un sourd qui ne veut pas entendre, un timide qui ne se trouve ni assez jeune ni assez beau pour être aimé, pour un idiot qui la pousse dans les bras d'un autre, qui la dote...

MARIE.

Léopold!... ce n'est pas vrai, monsieur Bernard.

BERNARD, tombant dans un fauteuil, son visage dans ses mains.

Je ne le sais que trop, mademoiselle!

MADAME BERNARD, le montrant à Marie, d'un geste suppliant.

Marie!

MARIE, à Bernard.

Si c'était vrai pourtant? Si en vous quittant, je lisais dans mon cœur? Si ce que j'ai pris jusqu'ici pour de la reconnaissance, du respect et de l'admiration, était un autre sentiment? Si je vous tendais la main?

BERNARD, balbutiant.

Mademoiselle... Marie... (Bas à sa mère.) Non, c'est impossible.

MADAME BERNARD, bas à son fils.

Elle a assez souffert pour comprendre celle-là...

BERNARD, de même.

C'est vrai.

MADAME BERNARD.

Va donc!

BERNARD, prenant les mains de Marie.

Marie!

BLANCHE, à Léopold.

Elle ne sera donc pas ma belle-sœur?

LÉOPOLD.

Bah! il n'y a pas grand'chose de changé! Bernard n'a-t-il pas été plus qu'un frère pour nous?

BLANCHE.

C'est vrai.

LÉOPOLD, à madame Bernard en lui baisant la main.

Aussi, madame, je vous aime bien.

FIN.

IMPRIMERIE GÉNÉRALE DE CHATILLON-SUR-SEINE, JEANNE ROBERT

www.ingramcontent.com/pod-product-compliance
Lightning Source LLC
LaVergne TN
LVHW020315230826
846091LV00003B/676